標準英文寫作

Accurate & Correct English Stylebook

石井隆之

〔著〕

序

　　英文中即使句子長得相似，意思也可能大相逕庭。例如以下兩個例子，只是連字號（hyphen）的差異，意思就截然不同。

(a) a Japanese learning Chinese （一位學中文的日本人）
(b) a Japanese-learning Chinese （一位學日文的中國人）

　　(a) 句在句中用 learning Chinese 修飾 Japanese，而 (b) 句使用連字號，形成複合形容詞 Japanese-learning （學日文）來修飾 Chinese。

　　接著以下三個句子也是外表相似，但意思卻迥然不同。

(c) She saw an insect-eating fish. （她看到一條吃昆蟲的魚。）
(d) She saw an insect eating fish.
　（她看到一隻正在吃魚的昆蟲。）
(e) She saw an insect, eating fish.
　（她在吃魚時，看到一隻昆蟲。）

　　(c) 句如上述 (b) 句的說明一樣，複合形容詞「吃昆蟲」用來修飾 fish。然而，沒有連字號時，an insect 和 eating 並非是一體的，an insect 是受詞，而 eating fish 是補語，see 則是五大句型中第五句型的感官動詞。此外，逗號加在 insect 後面時，eating fish 便形成了分詞構句，而 eating 意義上的主詞，便是主要句子的主詞（＝she）。

在 (d) 句與 (e) 句中，fish 是 eat 的受詞。這邊的 fish 沒有加冠詞，是表示「魚肉」的物質名詞。

最後，我們再來看一組意思相異的例子。
(f) Don't eat fast. （別狼吞虎嚥。）
(g) Don't eat. Fast. （別吃，要斷食。）

(f) 句的 fast 當作副詞來修飾 eat ，而 (g) 句中，直接在 eat 後加上句號，fast 就變成動詞「斷食」的意思。當單字單獨成一句時，一般做為動詞的命令句，因此這邊的 fast 是動詞的意思。

如以下例子，Don't stop.（不要停下來）與 Don't. Stop.（不要做。停下來。）以句號分開句子，其意義會完全顛倒。

不管在何種情形下，有無連字號、逗號及句號皆會對意思有相當大的影響，這點需要十分留意。

如前述所看到的例子一般，本書統整了影響句子意思的標點及各個符號的用法，同時，也收錄單字的拼字規則。關於拼字規則，本書不著重於單字的變化（單複數、時態），而是針對英文的字母、單字、句子類型等不同情形，加以描述該注意的地方。

若仔細學習本書中記載的用法，不僅能理解前面各個例句的微妙語感變化，在文法上也能寫出更像母語人士的文章及句子。

另外，本書除了能當作英文細節的查詢字典外，焦點專欄的內容也相當充實，並且加了巧思將各規則整理得容易閱讀、運用。

透過本書具體學習應注意的用法，相信一定能在郵件、論

文、發表簡報、網路部落格、履歷等各種英文書寫的機會上派上用場。

此外，關於本書的出版，本人要感謝從企劃到編輯皆大力支持、推動的 CrossMidia・Language 小野田幸子社長，以及友人 Joe Ciunci 協助英文校稿。在這邊感謝所有協助本書出版的同仁。

最後，使用本書學習道地英文基礎及應用的同時，若能對各位讀者的能力提升帶來幫助，我將倍感榮幸、不勝感激。

作者　石井　隆之

目次

第 2 章　標點符號的使用規則與例子

第 3 章　符號的使用規則與例子

第 4 章　應注意的書寫方式與例子

本書的使用方式

例	套用規則的單字及詞組
例句	套用規則的句子
（ ）	單字及詞組的意思
注	該注意的部分
焦點	要特別注意的部分
※	補充說明
參考	內容與規則相關，可供參考
cf.	其他參考表現
比較	比較意義、句型，並說明兩組對照的微妙不同

◎～	非常合適的表達
○～	合適的表達
△～	表達方式並非錯誤，但不合適
×～	表達方式不合適，或不符合文法
?～	文法上不算錯誤，但意思不明確

S	主詞
V	動詞
O	受詞
C	補語
P	介系詞
N	名詞（子句）
A	形容詞

A < B	A 源自於 B
A/B	A 或 B
AB/C	AB 或 AC
AB / C	AB 或 C
A = B	A 與 B 的意思相同
A ⇔ B	A 與 B 意思相對
單字 A （單字 B）	表示 A 或 AB，或單字 B 可省略。
表達（x...）	表示針對該表達，括號內的 x... 可省略。
	例：Mr(.) 代表 Mr. 的句號可省略。
	Thu(rs). 代表 Thurs. 的 rs 可省略。

底線
⇒ 應該注意以及應該了解其相異或類似的地方。

空格
⇒ 英文中多以半形為標準格式，因此「空格」指的是半形空格的意思。

焦點專欄
⇒ 與規則相關的內容。更加細部的規則會以專欄方式統整補充。

寫出道地英文的十條基本規則

這邊將介紹想寫出道地英文所必須注意的十個規則。會以拼字及標點符號為中心，並且只著重於一般需要特別留意的部分來做說明。其餘內容，將在後續內文中再做介紹。

第 1 條　謹慎地使用逗號

你能分辨下列兩個句子的差異嗎？

(a) John didn't die happily.

(b) John didn't die, happily.

(a) 句沒有逗號，而 (b) 句有加上了逗號，意思就截然不同了。

(a) 句的意思是：John 過世的時候不幸福。

　　　　　　　　（⇒ John 以不幸的方式過世。）

(b) 句的意思是：幸運地，John 沒有過世。

　　　　　　　　（⇒ 令人高興的是 John 沒有過世。）

中文和英文相似，句子只有一個逗號的差異，意思卻是天差地別。

第 2 條　表示強調時使用斜體

強調時的寫法應該與平常的寫法有所區隔，最普遍的方法就是使用斜體。不過也經常能看到使用引號或全部大寫的情形，讓我們來思考以下四個例句的差異。

(1) It is wrong.

(2) *It* is wrong.

(3) "It" is wrong.

(4) IT is wrong.

其差異一般如下：

(1) （指某個事物）那是錯的。

　　⇒ 普通的表達方式。

(2) 錯的是那件事，而非其他的事物。

　　⇒ 強調 it。

(3) "it" 這個詞彙（或是用法等）是錯誤的。

　　⇒ 引用 it 這個詞彙。

(4) IT（資訊技術）（在道德層面上）是個錯誤。

　　⇒ IT 為 information technology 的縮寫。

從以上的例句中，可以知道斜體、引號、大寫等皆扮演著不同的角色。若是誤用可能會造成溝通上的誤解，這點要牢記在心。

第 3 條　撇號的意思不是只有「的」

句子中偶爾會出現「three I's」這個詞彙，而事實上這個詞彙包含了以下三種曖昧的表達意義。

(i) 三個「我」

　　⇒ 表示有三個「我」這個單字。

(ii) 三個 "I"

　　⇒ 表示有三個 "I" 這個字母

(iii) 三個 "I" 開頭的詞彙

　　⇒ 表示三個由 "I" 開頭的詞彙表達

如此一來，也要記得即使是一個記號，也可能擁有多重表達意義。

第 4 條　在標點符號的基礎知識上，想像力也很重要

能分辨不同表達的意義，代表你擁有豐富的標點符號（punctuation）知識，不過只擁有知識是不夠的。

你同時還必須具備理解句中含意（idea）的想像力（imagination）。若擁有想像力，便能聯想到句子脈絡並抓住其表達的意涵。

例如前面的「three I's」，若出現在 "Don't use more than three I's in one sentence." 的句子中，一般為 (i) 的意思。要注意到這點，想像力是不可或缺的。

第 5 條　寫文章時一定要再三確認

Speaking 可以邊聽、邊說、邊修正，然而 Writing 不管在發表時（簡報等）或印刷後（論文等）皆無法再次修正，因此，再三確認是非常重要的。

再次確認時，請注意以下幾點：

(1) 拼字是否有錯誤？
(2) 標點符號的使用是否正確？
(3) 文法是否正確？
(4) 意思是否模稜兩可？

關於 (4) 的模糊性，如前例「three I's」的說明一般，要知道哪種表達會讓人誤會，同時要如何消除誤會，這兩點在處理模糊的意義上非常重要。

以 three I's 為例，可以做以下處理：

(i) 表示三個「我」的詞彙 → 使用斜體的 I ⇒ three I's

(ii) 表示三個 I 的字母 → 使用小寫的 i ⇒ three i's

(iii) 表示三個 I 開頭的詞彙 ⇒ 可使用下列三種方法

a. 整個詞彙使用引號 ⇒ "three I's"

b. 使用大寫開頭的 three ⇒ Three I's

c. 使用阿拉伯數字的 three ⇒ 3 I's

註：一般代表「三個 I 開頭的詞彙」會使用於下列的句子中：

例：What I think is necessary when inventing something is 3 I's: insight, intuition and imagination.

（我認為發明物品應具備的事項有「三個 I」，也就是 insight〔洞察力〕、intuition〔直覺〕及 imagination〔想像力〕。）

第 6 條　注意〈動詞 + 名詞 + 介系詞〉的結構

句子的模糊性並不是只有標點符號的問題，還要特別注意，某些詞彙因修飾的對象不同，而產生的模糊性。

我們來看下面的例子：

She is walking to the lake in the park.

在句尾的介系詞 in the park 是用來修飾 lake 還是 walking，兩者略有微妙的差異。

(1) in the park 修飾 lake 的時候

　　譯：她正朝著公園裡的水池走去。

　　〔⇒ 水池在公園裡，然而她可能正在公園外漫步〕

(2) in the park 修飾 walking 的時候

　　譯：她正在公園裡朝著水池（湖泊）前進。

　　〔⇒ 她正在公園裡，然而水池有可能在公園外〕

※ lake 有「（公園裡的）水池」的意思。若在公園外 lake 則可以翻譯成「湖泊」。

第 7 條　條列式的書寫以每行一個項目為原則

以先前的 three I's 為例：

The Three I's we should have in mind as prerequisites to scholarship
- Interest, which we need to raise questions
- Information, which we need to develop new knowledge
- Intelligence, which we need to form our own opinions

譯：學問有必要的三個 I 是我們應該銘記在心的
- 「興趣」：是我們需要去提出問題
- 「資訊」：是我們需要發展新知識
- 「智慧」：是我們需要形成自我的見解

一行一個資訊是書寫條列式最重要的原則。條列式本身的目的就是要「淺顯易懂」，因此若將好幾個資訊寫在同一行，就會失去原本的目的。

這邊指的是一般使用條列式的基本原則，當然，若是條列例子或說明，就不需要設限行數。

第 8 條　段落以兩行以上，十行以下最佳

寫作是由數個句子組合成段落。而關於段落架構，從樣式上有幾個建議：

(a) 應避免只有一行的段落。
(b) 應避免以一個句子構成三行以上的段落。
(c) 應避免十行以上的段落。

(d) 小論文應以序論、本論、結論這三個部分構成。

(e) 小論文中的本論，以三到五個段落為最佳。

※ 上述的「小論文」指的是專業證照考試，或申請大學時須
　　撰寫的論文。

以上規則著重於方便閱讀，而實際上也是如此，十行以上的
段落會讓人覺得資訊過剩，反而會造成閱讀上的困擾。

構成段落的句子，也同樣應避免單一句子長度過長。

第 9 條　要增進 writing 能力，必須加強詞彙量

若沒有基本詞彙量，連句子都寫不了。然而，若具備單字、
成語、慣用語等知識，便能豐富寫作的內涵。

英文的特色是擁有許多相同意義的詞彙（synonymy：同
義），而不是一個基本詞彙擁有多重意義（polysemy：一詞多
義），因此必須加強詞彙的學習。

例如，中文的「做」感覺上似乎只有一個意思，而相對應
的英文 make 則富有許多含意。然而，另一方面，中文裡代表
「好棒」的詞彙，似乎無法立即聯想到其他詞彙，不過英文中
含有這層意思的詞彙，則有 fine, great, wonderful, splendid 以及
像 resplendent 這種高難度的詞彙、swell 這種美式口語的詞彙、
groovy 這種通俗用語等多種選擇。

第 10 條　Writing 首先從「嘗試寫作」開始

若眼前有必須要寫的東西，到底要寫什麼內容？究竟要如何
下筆？為此感到困擾，而遲遲無法下筆的人很多。

此時，先嘗試去寫是很重要的，在寫作的同時，靈感便會漸
漸浮現。雖然是為了寫而必須變得能寫，但同時也是為了變得能
寫而不得不寫。

上述句子寫成英文就變成：

You have to be able to write if you try to write, and you have to try to write if you have to be able to write.

直譯：若你試著要寫作，就必須要能夠寫作，若你必須能夠寫作，你必須試著寫作。

乍看之下，這句話會讓人覺得矛盾，但其實這個提示與提升聽說讀寫四個能力是息息相關的。

因此，Confidence（自信）是一定要牢記的關鍵詞，只要有信心，一切就可以做到。若沒有自信該怎麼辦呢？只要先打起精神、裝出有自信的樣子就可以了。「我一定做得到！」如此相信自己，是提升 writing 能力的第一步。

....

以上就是十條基本規則的說明。接下來，會從第一章開始，向大家介紹道地英文寫作的許多規則，例如：「標點符號的前面不空格，但後面要空一格」（→規則 316 [p. 288]）、「一般不會連著使用兩種以上的標點符號。」（→規則 317 [p. 289]）等一般人不會注意，但卻很重要的規範。就讓我們一起朝著寫出道地英文的方向努力吧！

第 **1** 章
拼字規則與例子

在這一章中，會舉出關於拼字規則與實際例子，全部共有十一節。
由於這一章的重點在彙整各項拼字規則，因此也有詳細的規則。

1. 連字號
2. 撇號
3. 大寫
4. 斜體
5. 縮寫
6. 複合字
7. 數字符號
8. 字根字首
9. 美式英語與英式英語
10. 列舉標示
11. 縮排

1 連字號

Hyphen

大寫字母與單字的連接

 規則 1 連字號連接大寫字母與單字

━型➜ 〈 大寫字母 + 連字號 + 單字 〉

例　① U-turn （1. 迴轉　2. [口語] [方針、政策等]急速轉變）

　　② H-bomb （氫彈 [=hydrogen bomb]）

注1 單字意義取自以字母外型的用法（＝例 ①）；以大寫字母表示單字縮寫的用法（＝例 ②）

・「外型」的例子 ⇒ T-shirt（T 恤）、T-square（丁字尺）、V-groove（V 形槽）

・「縮寫」的例子 ⇒ T-time（火箭等的發射時間 [= takeoff time]）

注2 某些專業領域用語，也有小寫字母與單字連接的例子。

⇒ x-axis（[數學] X 軸）、x-radiation（[醫學] X 光）

規則 2 連字號用於連接希臘小寫字母與單字。

型 → 〈希臘字母＋連字號＋單字〉

例
① θ-criterion（論旨條件）
　　※ 用於理論語言學，賦予名詞句功用的相關標準
② γ-GTP（γ-谷氨醯轉肽酶）
　　※ 與肝臟解毒作用相關的酵素，數值若高於 51 IU/L 表示肝功能異常。

字首與專有名詞的連接

規則 3 連字號用於連接字首與專有名詞。

型 → 〈字首＋連接詞＋固有名詞〉

例
① pro-German（親德的）
② anti-French regime（反法政權）
③ post-Cold War （後冷戰時期）

注1 若連接兩個以上的專有名詞時，連字號只出現於字首之後。
　⇒ × anti-French-regime / × post-Cold-War
注2 單字整體專有名詞化時，此單字的各個單字字首會大寫。
　⇒ Proto-Indo-European（原始印歐語）
　※ Indo-European 這個複合詞本身就已經存在了，因此不能寫成 Proto-Indo European（省略第二個連字號）。

規則 4 **使用連字號加在字首與單字之間，用以區別相似單字。**

─型→〈字首＋連接詞＋單字〉

例　　re-claim（要求歸還或恢復）

※ reclaim 有「1. 開墾，開拓 2. 回收利用 3. 改造」的意思。

● 參考：與上述相似的例子

re 字首、無連字號	re 字首、有連字號
recollect 回憶	re-collect 再集合
recount 描述	re-count 重新計算
recover 恢復	re-cover 重蓋
recreate 使得到消遣、娛樂	re-create 改造
redress 糾正	re-dress 再為…穿衣
reform 改進	re-form 重新組成
release 釋放	re-lease 再出租

規則
5

連字號用於連接專有名詞與分詞。

—型→〈專有分詞＋連字號＋分詞〉

例

① an Osaka-based firm （總公司設置於大阪的公司）

※ 可寫成 a firm based in Osaka。

焦點：based on ~ 為「以…為根據」。

⇒ a story based on facts（真實故事）

[= a fact-based story]（→ 參考規則 9 [p. 26]）

② a Nobel Prize-winning scientist

（榮獲諾貝爾獎的科學家）

③ U.N.-sponsored conferences

（由聯合國主辦的會議）

注 若有兩個以上的專有名詞，只需要在最後的單字和分詞之間加上連字號即可。

⇒ × a Nobel-Prize-winning scientist

規則
6
使用連字號組成「受詞加動詞」意義的形容詞。

→型→〈受詞 (O) ＋連字號＋動詞 (V)-ing〉

※ 適用於「受詞加動詞」＝〈V＋O〉的情形

例

① grass-eating（吃草的）

※ 同義詞還有拉丁語系的 herbivorous（食草的）及希臘語系的 phytophagous（食植物的）。

② time-consuming（費時的）

參考：許多「○食性」的英文

意義	連字號型	拉丁語系	希臘語系
草食的	grass-eating	herbivorous	phytophagous
肉食的	meat-eating	carnivorous	sarcophagous
食魚的	fish-eating	piscivorous	ichthyophagous
食果的	fruit-eating	frugivorous	
雜食的		omnivorous	polyphagous
食人的	man-eating		anthropophagous

連字號

1
數字

2
大寫

3
斜體

4
縮寫

5
複合字

6
123

7
Prfx/Sufx

8
AE/BE

9
(1)(2)(3)

連字號

,

C

I

abbr

comp

123

Prfx/Sufx

AE/BE

(1)(2)(3)

10

規則 7　使用連字號組成「受詞加動詞」意義的形容詞。

型➜〈受詞 (O) ＋連字號＋動詞 (V)-ing 〉

※ 適用於「受詞加動詞」＝〈V＋P＋O〉的情形

注：P=Preposition（介系詞）：at, on, by, with 等

例

① a law-abiding person （守法的人）

[= a person who abides by law]

② early summer-blooming flowers（初夏盛開的花）

[= flowers that bloom in early summer]

※ 轉變成複合形容詞時，介系詞會消失。

規則 8　使用連字號組成「N 被 V」意義的形容詞

型→ 〈名詞 (N) ＋連字號＋動詞 (V)-ed〉

※「N 被 V」的動詞句型＝〈N be V-ed〉

例
① a tax-included price（含稅價）
② a bases-loaded home run（滿貫全壘打）
  [< bases are loaded（＝壘包被占滿了）]
  cf. an out-of-the-park home run（場外全壘打）

焦點例句 The bases were <u>loaded</u> on walks, and a relief pitcher was on the mound.

（因保送造成滿壘，因而換成後援投手站上投手丘。）

帶有被 N 意義的複合形容詞　由 be V-ed P+N 衍生

規則 9　使用連字號組成「被 N…」意義的形容詞

型→ 〈名詞 (N) ＋連字號＋動詞 (V)-ed〉

※「被 N…」的動詞句型＝〈be V-ed P N〉

注：P=preposition（介系詞）：at, on, by, with 等

例
① snow-covered（被雪覆蓋的）
  [< <u>covered with</u> snow]
② an earthquake-stricken area（地震受災區）
  [< The area was <u>stricken by</u> an earthquake.]

連字號

1 數號 '

2 大寫 C

3 斜體 I

4 縮寫 abbr

5 複合字 comp

6 數字符號 123

7 字根字首 Prfx/Sufx

8 美／英式英語 AE/BE

9 刪聲提示 (1)(2)(3)

10

注 其他隱藏介系詞的例子

⇒ ・university-educated people [=people <u>educated</u> at a university]

（受過大學教育的人們）

・a traditional-bound way of thinking [=a way of thinking <u>bound by</u> tradition]

（受傳統框架綑綁的思想）

意思為 A - N（＝N 是 A 的）的複合形容詞

規則 **10** 使用連字號組成「**A - N**」意思的形容詞

型→ 〈形容詞 **(A)** ＋連字號＋名詞 **(N)-ed**〉

※ 「A - N」的型態 ＝〈N is A〉

例 ① long-legged（長腿的／腿很長）

② long-nosed（高鼻樑的／鼻子很挺）

※ 不會寫成 high-nosed。

③ short-sleeved（短袖的）

※ 不會寫成 half-sleeved。

規則 11 使用連字號將數字與單位名詞組合成複合形容詞

型 〈數詞＋連字號＋單位名詞（＋連字號＋形容詞）〉

例
① a seven-year-old girl（一名七歲的女孩）
② a 12-foot-long bar（十二英尺長的棒子）
③ the 200-meter steeplechase（二百公尺障礙賽跑）

注1 表達方式有：數字以拼字型態呈現（＝①）、使用阿拉伯數字（＝②）、單位名詞後沒有形容詞（＝③）。

注2 單位名詞不使用複數型態。此外，如果在最後加上形容詞時，就要加上兩個連字號。
⇒ × a seven-years-old girl
× a seven-year old girl
× a seven year-old girl

注3 若如同 ③ 這個例子，後面沒有連接形容詞（long 等），代表修飾名詞（steeplechase）的複合形容詞，即便不連接 long 也能清楚表達意思。
⇒ ○ the 200-meter steeplechase
[=the 200-meter-long steeplechase]
× the 20-meter bridge（長二十公尺的橋）
[=the 20-meter-long bridge]
※ the 20-meter bridge 只有很小的可能性會代表「二十公尺寬的橋」，一般在這種情形下，大多會寫成 the 20-meter-wide bridge。
? the 2-kilometer area（二公里的區域）
○ the 2-kilometer-square area（二平方公里的區域）

規則 12　限定數字範圍時，在前後數字之間插入連字號。

型→〈前面的數字＋連字號＋後面的數字〉

※ 此連字號為連接號（en dash）的替代用法。參考規則 203（p. 206）。

例
① the Nara period (710-794)
（奈良時代 [710-794 年]）
② pages 36-39（36 到 39 頁）
※ 也可省略共同的部分 ⇒ ○ pages 36-9

例句 This hall seats 200-220 people.
（這個大廳可容納 200-220 人）

注1 數字的標示方法有很多種，其中最具代表性的，便是以圓括號表示（＝①），以及加在複數名詞後方的方法（＝②）

注2 X-Y 也可寫成 X to Y。此時，不可以省略數字共同的部分。
⇒ ○ 200 to 220 people / × 200 to 20 people

※ 英文的「X-Y」，在中文中寫成「X～Y」。另外「X to Y」可以翻譯成「X 到 Y」，這部分中文與英文相同，英文可省略 from，而中文則省略「從」。
From 200 to 220 people → 200 to 220 people
從 200 到 220 人 → 200 到 220 人

① 頁數的標示方式

（1）pages 的縮寫為 pp，其標示方法為＜pp ＋句號＞。數字與句號間必須插入空格，此外數字部分不推薦使用 to 的表達方式。

⇒ ○ pp. 36–9 / × pp 36–9 / × p.p. 36–9 / △ pp. 36 to 39

（36 到 39 頁）

（2）使用縮寫 pp 時，即便數字只有一位數，也不將數字拼寫出來。

⇒ × pp. 36 to 39 / × pp. three–five / × pp. three to five

（3）若不使用縮寫 pp ，數字的表達建議使用 to 來連接，但是不建議將數字拼寫出來。若想將 10 以下的數字拼寫出來，則連接部分要使用 to 會比較好。

⇒ ○ pages 36–9

◎ pages 36 to 39

× pages three–five

△ pages three to five

（4）表示連續的數字時，會使用 and 而不使用 to。

⇒ ○ pages 36–37

× pages 36 to 37

○ pages 36 and 37

註：一樣的數字可以省略，但是如果數字是連續的，則避免省略會比較好。

○ pp. 36–39 / ○ pp. 36–9 / ○ pp. 36–37 / △ pp. 36–7

規則 **13** 拼寫 **21** 到 **99** 時，將連字號放置於十位數與個位數之間。

──型→ 〈基數＋連字號＋基數（**or** 序數）〉

※ 基數為 one , two, three... 、序數為 first, second, third...

例 ① twenty-one （21 [的]）

② twenty-first （第 21 的）

③ thirty-sixth （第 36 的）

注 拼寫基數及序數時應注意：

・「第 4 的」為 fourth，而非 forth。

・「40」為 forty，而非 fourty。

・「第 9 個」為 ninth，而非 nineth。

・「90」為 ninety，而非 ninty。

焦點 「第 8 個」的拼字為 eighth ，不過發音並非 [eɪθ] ，而是 [eɪtθ]。

規則 14　表示分數時，要在代表分子的數值與分母的數值之間插入連字號。

一型→〈基數＋連字號＋序數〉

例　　① one-third（3 分之 1）
　　　② two-thirds（3 分之 2）

注1　基數若為複數，後面的序數要變為複數型。
　　　⇒ × two-third

注2　以 a 表示 1 時，不需要使用連字號，不過分子和分母之間要空格。
　　　⇒ × a-third（3 分之 1）/ ○ a half

注3　使用 half 與 quarter 來表示的分數，不需要連字號，但需要插入空格。
　　　⇒ × one-half（2 分之 1）/ ○ one half / ○ a half
　　　⇒ × three-quarters（4 分之 3）/ ○ three quarters

焦點　若分數表示的數值較大或使用抽象符號（a, b, c 等）時，請參考規則 105（p. 117）。使用基數（阿拉伯數字）時，則參考規則 276（p. 248）。

規則 15	表示帶分數時，自然數的部分會以數字標示，並且使用連字號與後方的分數部分連接。

型→〈自然數＋連字號＋分子＋斜線＋分母〉

例句 Cut 6-5/8 inches off the end of the rope.

（將繩子的尾端剪掉 6 又 8 分之 5 英吋）

※ 若帶分數能以小數點表示，則使用小數點為佳。

⇒ ◎ Cut 6.625 inches off the end of the rope.

比賽得分（A 比 B）的表達方式

規則 16	連字號用於兩組得分之間，來表示比賽等得分時的「～比～」。

型→〈得分＋連字號＋得分〉

※ 此連字號為連接號（en dash）的替代用法。參考規則 204（p.206）。

例句 The Kashima Antlers' 4-0 triumph over the Gamba Osaka boosted its chance of taking the J. League pennant.

（鹿島鹿角隊以 4 比 0 大勝大阪飛腳隊，增加了奪取日本 J 聯盟的優勝機會。）

連字號
1 類別
2 大寫
3 斜線
4 複數
5 複合字
6 數字符號
7 字首字尾
8 美／英式英語
9 列舉表示
, C I abbr comp 123 Pfx/Sfx AE/BE (1)(2)(3)

| 規則 17 | 連字號用於部分複合動詞中，加在單字與動詞之間。 |

型→〈單字＋連字號＋動詞〉

例
① gift-wrap（禮物包裝）
② double-park（並排停車）
③ spoon-feed（用湯匙餵食，表示溺愛）
④ quick-freeze（急速冷凍）
　　[=deep-freeze]

三個單字以上的複合名詞與複合形容詞

| 規則 18 | 使用連字號將三個單字以上的詞彙，組合成複合名詞與複合形容詞。 |

型→〈單字＋連字號＋單字＋連字號＋單字（…）〉

例
① one's father-in-law（岳父；公公）
② forget-me-not（勿忘草）
　　cf. touch-me-not（鳳仙花）
③ a know-it-all（[美式口語]裝懂的人）
　　[=[英式口語] a know-all]
　　※ a know-nothing 為「一無所知的人」。
④ on-the-job training（在職訓練）
⑤ a run-of-the-mill idea（普通的想法）
⑥ a state-of-the-art robot（最先進的機器人）

規則
19 使用連字號組成含有字首的複合名詞與複合形容詞。

━**型**→〈字首＋連字號＋單字〉

注：只有限定字首能使用連字號連接。

例　　① the ex-husband（前夫）

② non-iron（免熨燙的）

③ anti-choice（反對墮胎的）[⇔ pro-choice]

名詞與形容詞（表達）的連接

規則
20 使用連字號連接部分形容詞（表達）與名詞。

━**型**→〈名詞＋連字號＋形容詞（表達）〉

※ 連接後的詞組為名詞詞組。

例　　① the President-elect

（[尚未就任]已當選的下任總統）

② the House speaker-elect（[尚未就任]下任議會主席）

③ a bride-to-be（準新娘）

注1 「部分形容詞（表達）」指的是上述例子中的 elect 和 to be。

注2 elect 有放在名詞後用來修飾的形容詞用法，帶有「已當選（但尚未就任）」的意思。一般會如同上述的例子一樣，使用連字號來連接，不過也有例外。

→ a bride elect（未婚妻）

規則 **21** 使用連字號將成對的單字與 **and** 組合成複合形容詞。

→〈單字＋連字號＋ **and** ＋連字號＋單字〉

※ 連字號使用在 and 的兩側。

例
① chicken-and-egg（先有雞還是先有蛋）
② scissors-and-paste（東拼西湊、無獨創性）
③ rank-and-file（普通職員、普通民眾的）
④ nuts-and-bolts（基本的、實質性的）
　　cf. the nuts and bolts of cooking（料理的基本）

含有簡短單字的複合名詞與複合形容詞

規則 **22** 使用連字號組成含有簡短單字（二、三個字母）的複合形容詞與名詞。共有三種寫法。

→(a) 寫法 1：〈簡短單字＋連字號＋單字〉
(b) 寫法 2：〈單字＋連字號＋簡短單字〉
(c) 寫法 3：〈簡短單字＋連字號＋簡短單字〉

※ (c) 包含簡短單字的詞形變化與衍生單字。
注：介系詞應包含在簡短單字中。

例
★ 寫法 1
① big-time（[口語]一流的、大人物的）
　　cf. a big-timer（重要人物）
② in-house（組織內的、公司內的）

★ 寫法 2

③ a chin-up（引體向上）

　　cf. a sit-up（仰臥起坐）、a push-up（伏地挺身）

④ goings-on（怪異、罕見等的事情）

★ 寫法 3

⑤ a go-getter（有衝勁、進取心的人）

⑥ go-by（無視） cf. give 人 the go-by（對某人視若無睹）

⑦ me-too（仿效的）

　　cf. me-tooism（模仿主義）

⑧ with-it（[衣服]流行的、了解時代潮流和意識）

⑨ a has-been（過氣的人／事物）：貶義的講法

連接形音相似的兩個單字

| 規則 23 | 使用連字號，將形音相似的兩個單字（N 與 N'）結合成複合詞。 |

→型→〈單字 N＋連字號＋單字 N'〉

※ 複合詞為複合名詞、複合形容詞、複合副詞、複合動詞的整合表達。

例

① hanky-panky（詭計、欺騙、[性方面]猥褻的行為）

② topsy-turvy（顛倒的、亂七八糟的、毫無章法地）

③ dilly-dally（[口語][無法下定決心]猶豫不決、混日子）

④ fiddle-faddle（[做]瑣碎小事）

⑤ pell-mell（雜亂的[地]、匆忙、忙亂的疾行）

規則
24 連字號用於表示同時兼具兩種身分的人。

型 ① ＜職業 A ＋連字號＋職業 B ＞ 「A 兼 B」的意思
② ＜民族 A ＋連字號＋民族 B ＞ 「A 裔 B（的）」的意思

例 ① banker-philanthropist（銀行家兼慈善家）
secretary-treasurer（祕書兼會計）
② Japanese-Brazilian（日裔巴西人[的]）

參考 關於 ① 的注意事項

Mr. Smith is a banker and philanthropist.

[=Mr. Smith is a banker-philanthropist.]

（史密斯先生是個銀行家兼慈善家）

△ Mr. Smith is a banker and a philanthropist.

※ 如上述例子，一般在兩個名詞前都加上冠詞，指的是二個人而非一人。不過，若在 and 加上輕重音，在這之後的單字加上冠詞也相當地自然，因此無法說這個句子不符合文法。

規則 25 　使用連字號刻意分割較長的單字，使其容易理解。

型→〈單字的一部分＋連字號＋剩餘部分…〉

※ 主要使用在外語。

注：切割單字的地方，單字的意義要完整。

例

① Fudo-myooh（不動明王）

　　Tamagokake-gohan（生蛋拌飯）

② Ame-no-oshihomimi-no Mikoto

　　（天忍穗耳尊）[日本神話中天照大神的長男]

注 日文人名特殊「～的…」的表達，如：「藤原道長」在英文中一般寫成 Fujiwara no Michinaga（譯：藤原的道長）。不過，像是例 ② 較長的名字（日本神話裡神明的名字等），最好在 no 的前後加上連字號。

此外，因為 oshihomimi 是神明的部分名字（「天（Ame）」代表神的居所，「尊（Mikoto）」為神的稱謂，可省略），因此一般寫法中間不會分開。

規則 26	連字號可代替 **and** 與 **between**，與單字組合成複合形容詞。

→型→〈單字＋連字號＋單字〉

※ 單字多為可對比的事物、國名或地名。

注：此為連接號（en dash）的替代用法。參考規則 204（p. 206）。

例
① labor-management relations（勞資關係）

　　[＝labor and management relations]

② a Narita-Stockholm nonstop flight

　　（成田到斯德哥爾摩的直飛班機）

　　[= a nonstop flight between Narita and Stockholm]

連字號後表示複合詞的共同部分

規則 27	連字號代表複合詞共同的省略部分。也就是說，兩個以上使用連字號的複合詞，若與對等連接詞 **and**、**or** 等連接，除了最後的複合詞以外，其他的共同部分都可以省略。

→型→〈X ＋連字號＋空格（＋對等連接詞＋空格）＋Y〉

例
① two- or three-year-old boy

　　（二或三歲的男孩）

② all the first-, second- and third-class hotels

　　（所有的一流、二流、三流飯店）

連字號

1
撇號

2
大寫

3
斜線

4
括弧

5
複合字

6
數字符號

7
字根字首

8
美／英式英語

9
(1)(2)(3)

10

注1　建議不要全都以連字號連接。

　　⇒ △ two-or-three-year-old boy

注2　省略共同部分較佳。

　　⇒ △ two-year- or three-year-old boy

參考　中文中，重複的單位名詞可以省略。

　　⇒ △ 二或三歲的男孩

避免拼字上出現連續的母音與連續的子音

規則
28
使用連字號避免出現兩個連續母音 (A) 或三個連續子音 (M)。

型→〈母音 A ＋連字號＋母音 A〉

※ A 代表 a, e, i, o, u 中任意的母音。

〈子音 MM ＋連字號＋子音 MM〉

※ MM 代表連續兩個子音的意思。

例　　① anti-imperialism（反帝國主義）

　　② re-enter（再進入～、再制定～）

　　③ shell-like（貝殼狀的）

注　最近在重覆母音的情況下，逐漸有不使用連字號的趨勢。不過，若重複的是 i 母音，還是需要使用連字號。

　　⇒ semi-illiterate（半文盲的）

規則 29	想說明單字的拼法時，用大寫拼出單字，並在各字母之間加入連字號。

型→〈大寫字母＋連字號＋大寫字母⋯〉

例句　The shortest English word that contains every vowel is "sequoia," spelt S-E-Q-U-O-I-A.

（包含每個母音，且最短的英文單字就是 sequoia（紅杉），拼法為 S-E-Q-U-O-I-A。）

注　除了整個單字使用大寫的情形之外，一般在連字號後，普遍都會使用小寫。

⇒ △ All-Powerful / ○ All-powerful / ○ ALL-POWERFUL

（全能的、有無上權力 的）

表示口吃狀態

規則 30	使用連字號連接重複字母，用來表達因為害怕、興奮、擔心等而發生口吃的情形。

型→〈字母＋連字號＋字母＋連字號＋由該字母開頭的單字〉

例句　I s-s-see a b-b-bear.（我看⋯看⋯看到熊⋯熊⋯熊了）

注　字母的重複次數一般為二次，之後便會連接該字母開頭的單字。

規則 **31**

因空格使得單字必須跨行時，在該行的最後加上連字號。

型→〈單字中音節結束的地方＋連字號〉

例句

Though some may disagree, gardens in Japan can generally be divided into three classifi-cations.

（雖然有部分的人不同意，但日本的庭院大致上分為三種類型。）

※ 具體分為「築山庭」、「枯山水」、「茶庭」三個種類。

連用兩個連字號作為破折號的替代用法

規則 **32**

連續用兩個連字號，可以作為破折號（**em dash**）的替代用法

型→〈A ＋連字號＋連字號＋ B〉

例句

Unadon--a bowl of boiled rice with broiled eel on top--is her favorite dish.

（鰻魚飯--放上香烤鰻魚的丼飯料理，是她的最愛。）

焦點
專欄

② 使用連字號處理跨行連接

（1）在字根或字首分割單字。

　　⇒ ○ classifica-tion

（2）無法以（1）分割單字時，就以音節做分割。

　　⇒ ○ classi-fication / ○ clas-sification / × class-ification

　　※ 雖然 class 看似是完整單字，但由於並非完整音
　　　節，因此無法分割。

（3）即使以音節分割，也不能只分割單一個字母。

　　⇒ × a-lone / × health-y

（4）不可分割較短的地名與人名。

　　⇒ × Par-is / × Thom-as

2 撇號
Apostrophe

作為所有格

規則
33
使用撇號將名詞與部分代名詞轉變為所有格。

→型→ 〈 名詞／部分代名詞＋撇號（ ＋ s ）〉

例
① man's potential ability（人類的潛能）
[=latent ability]
② his mother's secret savings（他母親的私房錢）
③ someone else's credit card（某人的信用卡）

注1 由兩個以上的單字所組合成的名詞，若要轉變為所有格，則撇號要加在最後的名詞上。
⇒ ○ the music teacher's artistry in performing music
（那名音樂老師演奏音樂的藝術才能）

注2 在 A's B 這個型態下， B 的冠詞一般不會放在 A 的前方。
⇒ × the someone else's credit card
（某人的信用卡）

注3 並非所有名詞都可以連接撇號。只限定於人、動物、國家或鄉鎮市、表示時間的簡單名詞（today、yesterday 等），以及擬人化的事物才可使用撇號。
⇒ ○ Japan's economic growth（日本的經濟成長）
○ today's paper（今天的報紙）

○ <u>my heart's</u> content（我內心的滿足）

※ 上述以外的名詞[事或物]皆使用 of 來表示所有格。

⇒ × the desk's legs ／ ○ the legs of the desk（桌腳）

註4 人稱代名詞與指示代名詞不能使用撇號。

⇒ × it's name ／ ○ its name（它的名稱）

× that's man ／ ○ that man（那個男人）

註5 撇號可以重複使用，但超過三次會顯得不自然。

⇒ ○ my mother's friend's acquaintance
（我媽媽的朋友的熟人）

△ my mother's friend's acquaintance's house
（我媽媽的朋友的熟人的家）

註：your husband's child's mother（你丈夫的小孩的母親），
這詞組雖然只使用了兩次撇號，但表達的卻是 you。也
就是說，整個詞組代表的是 you，然而又在詞組中加入
如 your（you 的變化型）的結構，這在語言學上是不
被容許的。因此，這個詞組並非 △ 而是 ×。再換句話
說，「A 的 B 的 C 的 D 等於 A」，這種表達是不合文
法的。

註6 要留意 other 與 others 連接撇號的不同表達意義。

<u>others'</u> way of thinking（別人的想法）

<u>the other's</u> way of thinking（另一人的想法）

<u>the others'</u> way of thinking（其他人們的想法）

cf. another way of thinking（別的想法）

the other way of thinking（另一個方向的想法）

other ways of thinking（其他想法）

the other ways of thinking（其他所有的想法）

③ 所有格的寫法

- （1）單數的普通名詞、專有名詞及代名詞，字尾只要不是 s，則所有格寫法為〈撇號＋ s〉。

    ⇒ ○ the teacher's（那名老師的）

    ○ Tom's（湯姆的）

    ○ each other's（彼此的）

- （2）以 s 結尾的單數普通名詞雖然可以連接〈撇號＋ s〉，但是之後連接的單字若是 s 開頭，則只能加上〈撇號〉。

    ⇒ ○ my boss's help（老闆的協助）

    × my boss's success

    ○ my boss' success（老闆的成功）

    ※ boss'(s) 的發音為 [`bɔsiz]。

- （3）字尾並非 s 結尾，但發音是 [s] 的單字，若與 s 開頭的單字連接，則只能加〈撇號〉。

    ⇒ × for conscience's sake

    ○ for conscience' sake（為了問心無愧）

- （4）以 s 結尾的單數專有名詞只能加〈撇號〉。

    ⇒ ○ Pythagoras' theorem（畢達哥拉斯定理）

    [= ○ the Pythagorean theorem]

    ※ Achilles' heel（唯一的致命弱點）與 Achilles' tendon（阿基里斯腱）可省略撇號。

- （5）以 s 結尾的複數普通名詞及部分複數代名詞，只能連接〈撇號〉。

    ⇒ ○ the teachers'（老師們的）

    ○ a ladies' man（喜歡廝混在女人中的男人）

※ ladies' man 是一體的單字，因此前面加上不定冠詞也 OK。⇒ ○ others' idea（其他人的想法）

（6）並非以 s 結尾的複數群集名詞，寫成所有格時要使用〈撇號＋ s〉。

　⇒ ○ people's（人們的）

　　○ men's room（男士的洗手間）

　　※ 女士的洗手間寫成 ladies' room。→ ✕ women's room

（7）由三個以上的詞彙組成的包含介系詞的詞組，也能使用撇號。

　⇒ ○ one of my friends' book（我[某個]朋友的書）

　　※ one of my friend's books 意思是「我朋友藏書中的其中一本」

　　○ a man of word's words（守信之人的話）

（8）想表示由兩人（以上）共有的物品時，只要在最後的名詞加上撇號就行了。

　⇒ ○ John and Mary's house（約翰與瑪莉的家）

　　※ 若並非共同擁有，則分別使用撇號。

　　→○ John's and Mary's house（約翰的家與瑪莉的家）

焦點 若〈複數普通名詞＋單數普通名詞〉可改寫成〈複數普通名詞 for 單數普通名詞〉，則不傾向寫成複數普通名詞加〈撇號＋ s〉。

　⇒ △ teachers' college（師範學院）

　　→ ○ a teachers college [=a college for teachers]

　　△ driver's guide

　　→ ○ a drivers guide [=a guide for drivers]（駕駛指南）

規則 34	在某些情況下可以使用撇號，讓名詞轉變成主格或受格。

型→ 〈主格／受格＋撇號（＋s）＋名詞〉

※ 最後的名詞是由動詞衍生而來的。

例

① the enemy's destruction of the city
（敵人對這座城市的破壞）

② the city's destruction by the enemy
（被敵人破壞的城市）

注1 在上述情境中，並非指 enemy 或 city 擁有 destruction 的意思，而是由下列的句子個別衍生出的情境。

(a) The enemy will destroy the city.（敵人將摧毀這座城市）

(b) The city will be destroyed by the enemy.（這座城市將被敵人摧毀）

※ (a) 句能轉換成 ①， (b) 句則可以轉換成 ②。

注2 ① 及 ② 也能改寫成以下句子。

the destruction of the city by the enemy

※ 若將 by the enemy 改成 enemy's，則為例 ①；若將 of the city 改成 city's 則為例 ②。由於 by 是表示主格的介系詞，of 是表示受格的介系詞，因此可證明 ① 的撇號代表主格，② 的撇號代表受格。

注3 如上述例子使用 destruction 這個單字一樣，由動詞衍生來的名詞，其時態並不明確。因此，也有可能是在表示過去的事情。換句話說，① 也可代表「過去敵人對這座城市的破壞」，② 則為「被敵人摧毀過的城市」。

| 規則 35 | 將撇號加在代表商家店主的普通名詞或專有名詞後面。 |

型 〈名詞／專有名詞＋撇號（＋s）〉

例
① the barber's（理髮店）
② McDonald's（麥當勞[的店]）
③ STARBUCKS'（星巴克[的店]）

將主詞與助動詞的表現結合成一體

| 規則 0 | 撇號用於動詞縮寫上。 |

型
① 〈主詞＋撇號＋助動詞（表達）的最後 1~2 個字母〉
② 〈助動詞（表達）＋n＋撇號＋t〉
③ 〈疑問詞＋撇號＋d / s / re〉
④ 〈d＋撇號＋you〉

例
① I'm [=I am]
they've [=they have]
he'll [=he will]
she'd [=she had / she would / she should]
② aren't [=are not]
hasn't [=has not]
mustn't [= must not]
③ What's that [=What is that?]（那是什麼？）

④ D'you know that? [=Do you know that?]
（你知道那個嗎？）

縮短較長的單字

規則
37 　**使用撇號縮短較長的單字。**

型➜〈長單字的一部分＋撇號＋長單字的最後一個字母〉
　　　※ 這種縮寫多用於報章雜誌等的標題。

例　　① gov't [=government]（政府）
　　　② int'l [=international]（國際性的）

焦點
專欄

④ 關於「縮寫」的四個注意事項

（1）〈主詞＋撇號＋ d 〉的 d，可以代表 would, should 或 had。不過 What'd 則是 what did 的縮寫。

⇒ What'd you say?（你說什麼？）

（2）〈撇號＋ re〉的 re 代表 are，但不代表 were。因此 you were 不能縮寫成 you're。

⇒ ✕ You're not present yesterday.

○ You weren't present yesterday.

（你昨天沒有出席）

○ What're you doing?（你在做什麼？）

（3）沒有〈amn ＋撇號＋ t〉的型態。

⇒ ✕ I amn't a student.

○ I'm not a student.（我不是學生）

（4）mayn't 和 mightn't 為英式英文的用法，但此為較舊的縮寫方式，現今已經較少在使用。

規則 38　使用撇號簡化數字。

型→〈撇號＋最後兩位數字〉

※ 此型態主要用於表示西曆的 1900 年代。

注：現在還沒有表示 2000 年代的省略方式。

例句　① He attended the class of '89.

（他出席了 1989 年的課程）

注　若句子寫成 He attended the class of 89.，意思會變成「他出席了有 89 人的課程」。

參考　a group of four 為「四人團體」，five groups 為「五個團體」，若寫成 five groups of four 則為「五個四人團體」的意思。

字母、數字、符號的複數型態

規則 39　撇號用於表示字母、阿拉伯數字和符號的複數型態。

型→〈字母／數字／符號＋撇號＋ s 〉

例　① 字母複數型的例子 ⇒ A's, b's

② 數字複數型的例子 ⇒ 2's, 108's

③ 符號複數型的例子 ⇒ *'s, #'s

注1　字母、數字及符號的複數型態，較常使用於以下情境。

⇒ The word "accommodation" contains two m's.
（accommodation 這個詞彙包含二個 m）

※ 這邊表示的是「m」這個字母的複數型態，然而，其文法上的標示順序如下。

× ms → △ Ms → ○ m's → ◎ M's

注2 數字以拼音呈現時，不加撇號。

⇒ × two's / ○ twos

※ twos 是帶有 two 意義的複數型態，並不是指有數個阿伯數字（Arabic numeral）2 的意思。

⇒ three twos（[撲克牌]三張二的牌）
　　three 2's（三個阿拉伯數字 2）

注3 若單一字母本身帶有意義，其複數型會產生多重含意。例如：There are too many I's in your essay. 從理論上來看，這個句子帶有以下兩個意思：

(a) 你的文章中，有太多 I 這個字母。

(b) 你的文章中，使用太多「我」。

※ 一般最為常見的解釋是 (b)。關於「～這個單字」的複數型，請參考規則 41（p. 56）。「～這個單字」的表達方法，則參考規則 67（p. 80）。

參考 使用字母複數型的慣用語

・dot the i's and cross the t's（[口語]對細節一絲不苟）

※ 指的是就連「在 i 上加上一點，在 t 上加上橫槓」這些細節，都不會遺漏的意思。

・mind one's P's and Q's [= watch one's P's and Q's / be on one's P's and Q's]

（注意自己的言行舉止）

※ P 和 Q 也可使用小寫。此慣用語原先便是從容易混淆的 p、q 演變而來的。

- by twos and threes [=in twos and threes]（三三兩兩）
- at sixes and seven（[口語]亂七八糟、[意見等]各說各的）

縮寫的複數型態

規則 40　撇號用來表示縮寫的複數型態。

型→〈縮寫＋撇號＋ s 〉

例　　Ph.D's（數個博士學位）

注　首字母縮略字也可以代表縮寫，一般不會加上撇號。
　　× VIP's / ○ VIPs（重要貴賓們）

規則 41　撇號用於表示「～這個單字」的複數表達。

型→ 〈單字＋撇號（＋s）〉

例　　① cat's（有數個 cat 這個單字）
　　　　② but's（有數個 but 這個單字）

注1　如例 ① 在名詞後連接撇號＋s 的複數型，其形態與所有格相同。當然，可以從文脈中清楚地分辨，不過若將複數型的單字改成斜體，會更加容易閱讀。

⇒ ○ There appear many cat's here.
（這裡[書中等]出現了很多次 cat 這個單字）
◎ There appear many *cat*'s here.

※ 只在 cat 的部分使用斜體即可，若將 cat's 整個都使用斜體，則有可能會被解釋成「許多 cat's 這個表達」。不過若是如此，正確的複數型態則需要改成 cat's'。

注2　若單字不是名詞，由於不會造成誤解，因此要不要使用斜體皆可。不過要注意的是，部分使用頻率較高的非名詞，其複數型態大多不使用撇號。

⇒ ○ She tends to use too many ifs in her paper.
（她的論文中，有使用太多 if 的傾向）

注3　but 有「異議」的意思。使用這意思時，其單字為可數名詞。

⇒ ○ There are no buts about it. （沒有商量的空間）

規則 42　撇號用於表示數個相同字母開頭的單字。

型→〈基數＋大寫字母＋撇號＋ s〉

※ 基數以二以上且不大的數字為主。

注：一般使用英文大寫。

例
　　① 5 C's（五個 C）

　　② the three R's（三個 R）

　　※ 3R 的中文為「讀、寫、算」，是 reading, writing, arithmetic（算術）三個詞彙的總稱。其中兩個單字雖然並非 R 開頭，但是中間皆含有 R，因此統稱為 3R。

注1 使與數字的拼字型態時，需要加上 the 。

注2 例 ① 以商用書信的 5C 為例，則代表 clear（清楚）、concise（簡潔）、correct（正確）、concrete（具體）、courteous（禮貌）等意思。

注3 例 ② 為固定的用語，因此即使不使用撇號也沒關係。也就是說，固定的表達（慣用語或俗諺等）是可以超越文法規則的。

> **規則 43** 為了讀出日文單字的正確發音，在 **n** 與母音間以及 **n** 與 **y** 之間要加上撇號。

━型→ 〈n ＋撇號＋母音 / y〉

例	① ren'ai（戀愛）
	② Kon'yaku（婚約）

注1 若不加入撇號，則 ① 可能會被唸成「re-na-i」，② 則可能會唸成「ko-nya-ku」。以下為外國人較難區別發音不同的日文單字，以羅馬拼音整理如下：
- 婚約 ⇒ kon'yaku
- 蒟蒻 ⇒ konnyaku
- 干邑白蘭地 ⇒ konyakku

注2 原則上專有名詞的正式標示是不使用撇號的，不過若特別想明確標示發音，使用撇號也沒有問題。

⇒ 堤真一 ○ Shinichi Tsutsumi

◎ Shin'ichi Tsutsumi [明確標示發音]

規則 44　撇號用於外語單字的英文標示。

型 〈 單字前半段＋撇號＋單字後半段 〉

※ 主要用在用羅馬字母拼寫中文，特別是經常使用的地名。

例　Xi'an（西安）、Chang'an（長安）

注　在中文的羅馬字標示，也就是拼音標示中有下列規則：「a, o, e 開始的音節若接在其他音節之後，由於容易造成發音混淆（＝造成前後混淆發音的現象），因此需要使用區隔符號」。因此，撇號就成了此區隔符號的替代。簡單來說，若不使用撇號，其發音有可能會與其他單字搞混。

3 大寫
Capital Letter

句子開頭的字母

> **規則 45** 句子的第一個字母要使用大寫。

型→ 〈 句子的開頭字母＝大寫… 〉

例句
① This art museum houses a lot of invaluable works.
（這間美術館收藏了眾多無價的作品）

② "What fruit do you like best?" – "Apples."
（「你最喜歡哪種水果？」—「蘋果」）

注　不是只有像 ① 這樣完整結束的句子，才需要以大寫開頭，像 ② 一般在引號內的句子以及僅由單字形成的句子，也都需要以大寫開頭。

表示他人的發言

> **規則 46** 直接引用他人的發言時，即便是在句子中也要使用大寫。

型→ 〈 引號＋大寫…＋引號 〉

例句
The palm reader said to me, "You will live longer than you think."

（手相算命師對我說：「你會活得比你想的還要長
壽。」）

注　若是直接引用，不單是句子，就連只有單字的情形下，也要
以大寫開頭。

⇒ She said to me, "Great!"（她對我說：「太棒了！」）

冒號後的句子以大寫開頭

規則
47　**連接在冒號後的句子，必須以大寫開頭。**

➤型➤〈冒號＋空格＋大寫…〉

例句　What I want to say is this: When the going gets tough,
the tough get going.

（我想說的是這個：越是艱困的處境，越能歷練出強
者）

※ when the going gets tough, the tough get going 是
一個慣用語，有「強者即使在艱難的環境下，仍舊
堅持努力」的意思。 the tough 的型態為〈the＋形
容詞〉，帶有複數的意思，因此後面的 get 不會寫成
gets 。另一方面，the going 是由「持續前進」，衍
生出「情況」這一層含意的抽象單數名詞。

注1　冒號（:）之後若不是連接句子，則以小寫開始。

⇒ There are three things you have to keep in mind when you
want to succeed in something: concentration, continuation and
confidence.

（當你想在某件事上成功時，必須牢記三件事：「專注」、「持續」和「自信」）

注2 分號（;）之後即便連接句子，也以小寫開頭。（參考規則176 [p. 188]）

⇒ I like cats; they are cute. （我喜歡貓，因為牠們很可愛）

冒號後的詞語說明

規則 48 以冒號進行單字（片語）的說明時，需要使用大寫。

型→〈單字（片語）＋冒號＋空格＋大寫…〉

※ 冒號前的單字（片語）要以大寫開頭。

例

Wabi: Esthetic sense in Japanese art under which people apologize for pomp.

（侘寂之美：日本藝術中一種對華麗感到歉意的美學感受）

*譯註：侘寂是一種以接受短暫和不完美為核心的日式美學。

注1 冒號後的說明即便不是句子，也建議以大寫開頭較佳。然而，若要說明的單字片語本身是小寫的話，冒號後的說明就不建議以大寫開頭。

⇒ △ Wabi: esthetic sense.... × wabi: Esthetic sense....

注2 要說明的單字（片語）及說明，兩者皆以小寫開頭的寫法，在文法上並沒有問題，不過習慣上還是建議都使用大寫開頭較佳。

⇒ ○ wabi: esthetic sense.... ◎ Wabi: Esthetic sense....

規則 49 　專有名詞的第一個字母要使用大寫。

型→〈專有名詞的第一個字母→大寫〉

※ 若單字帶有冠詞，則冠詞後的單字開頭要大寫。

例

① 人名→ Mr. Smith（史密斯先生）、Kukai（空海）

② 地名→ the Sea of Japan（日本海）、the Yodo（淀川）、the Alps（阿爾卑斯山）

③ 國名→ Germany（德國）、U.K.（英國）

④ 都市名→ Boston（波士頓）、Kuala Lumpur（吉隆坡）

⑤ 語言名稱→ Finnish（芬蘭語）、Javanese（爪哇語）

⑥ 民族名稱→ Kurd（庫德族）、Maasai（馬賽人）

⑦ 宗教名稱→ Christianity（基督教）、Hinduism（印度教）

⑧ 組織名稱→ U.N.（聯合國）、Toyota Motor Corporation（豐田汽車株式會社）

⑨ 建築物名稱→ the Louvre Museum（羅浮宮）、Osaka Castle（大阪城）

⑩ 建造物名稱→ the Statue of Liberty（自由女神像）、the Sphinx（人面獅身像）

⑪ 車站名→ Nagao Station（長尾車站 [大阪府枚方市]）、Beijing Station（北京車站）

⑫ 時代名→ the Edo period（江戶時代）、the Jurassic period（侏羅紀）

注1 專有名詞包括人名、地名、國名、都市名、語言名稱、民族名稱、宗教名稱、組織名稱、建築物名稱、建造物名稱、車站名、時代名等許多種類。上述列舉了各類型的例子，提供給讀者參考。

注2 專有名詞若是由〈專有名詞＋普通名詞〉所組成，普通名詞是否大寫有以下規則：

・若有其他講法，則不使用大寫。

⇒ 由於 the Edo period 可以改成 the Edo era，並不是一定得接 period，因此表示這個普通名詞的專一性較低，因此 period 使用小寫就好。

這項規則也適用於地名。例如：「關西地區」可使用 district, region, area 等單字，雖然每個單字在語感上略有些微差異，但因為能替換使用，所以寫法並不是 the Kansai District，而是應該寫成 the Kansai district。

若無法轉換成其他說法，則普通名詞也要大寫開頭。

⇒ the Iberian Peninsula（伊比利半島）、the Suez Canal（蘇伊士運河）等

注3 關於〈專有名詞（＋普通名詞）〉的表達是否要加定冠詞，請參考 → 焦點專欄（5）。

焦點專欄

⑤ 專有名詞添加定冠詞的相關規則

（a）想像上比較無法感受到盡頭的物體，要加定冠詞
（the）。

　　⇒（1）海洋名稱→ the Atlantic (Ocean)（大西洋）

　　　　　　[海洋無法看見其盡頭]

　　　（2）河川名稱→ the Nile（尼羅河）

　　　　　　[較難想像河川的源頭]

　　　※ 位在非洲大陸的尼羅河長約 6,650 公里，是世界
　　　　最長的河流。

　　　（3）山脈名稱→ the Rockies（洛磯山脈）

　　　　　　[山脈較無明顯邊界]

　　　（4）半島名稱→ the Arabian Peninsula（阿拉伯半
　　　　　島）

　　　　　　[邊界不明確]

　　　※ 阿拉伯半島是世界最大的半島，而日本最大的半
　　　　島叫紀伊半島。

　　　參考：與阿拉伯文化相關的事物使用 Arabic。

　　　　　　⇒ Arabic numeral（阿拉伯數字）

　　　　　　　Arabian camel（單峰駱駝）[與文化無關]

　　　（5）組織名稱→ the Democratic Party（民主黨）

　　　　　　[組織名稱既抽象又無法感受到範圍]

（b）有明確的邊界，或能具體想像其盡頭的事物，不加定
冠詞。

⇒（1）國名→ Syria（敘利亞）、Libya（利比亞）
[國家有明確的國境]

（2）縣名→ Nara Prefecture（奈良縣）
[縣等鄉鎮有明確的交界線]

（3）湖泊名→ Lake Biwa（琵琶湖）
[湖泊有非常明確的範圍]

（4）橋樑名稱→ Jiaozhou Bay Bridge
（青島膠州灣大橋：中國）[從橋的一端到另
一端為橋梁的範圍]

※ 這座橋是世界第二的跨海大橋，長 41 公里。世
界第一的跨海大橋是 2018 年完工的港珠澳大橋
（55 公里）[連結中國廣東省、香港與澳門]。

（5）公園名稱→ Ueno Park（上野公園）
[公園有明確的區域範圍]

（6）車站名稱→ Tokyo Station（東京車站）

注：車站雖然是點的概念，但是明確區別各個車站
是很重要的，因此不能有曖昧不清的範圍，屬
於能感受到界線的概念。

規則 **50** 印刷品、電影、戲劇、戲曲、音樂作品、美術作品等的標題，其開頭的第一個字母與實詞的開頭皆必須使用大寫。

型 → 〈第一個單字與實詞的開頭字母→大寫〉

※ 在一般的印刷品上，標題會使用斜體。

例

① *Gone with the Wind*
（飄：米切爾的小說名稱）

② *The Washington Post*
（華盛頓郵報：報紙名稱）

③ *My Neighbor Totoro*
（龍貓：電影名稱）

④ *Beauty and the Beast*
（美女與野獸：音樂劇作品名稱）

⑤ *The Girl from Arles*
（阿萊城姑娘：古典音樂作品）

⑥ *The Gleaners*（拾穗：米勒的畫作）

⑦ *The Thinker*（沉思者：羅丹的雕刻）

⑧ *The Leaning Tower of Pisa*（比薩斜塔：建築作品）

注 實詞指的是「名詞」「形容詞」「副詞」「動詞」，這邊還包含了與名詞有關的「代名詞」以及作為詞性與動詞結合的「助動詞」。

焦點
專欄

⑥ 標題中大小寫的使用規則

（1）作品標題的第一個字母，一律沒有例外要使用大寫。
雖然在標題中的冠詞、介系詞、連接詞要使用小寫，
不過若是開頭的第一個字母就要大寫。

⇒ <u>Of</u> Human Bandage（《人性枷鎖》：毛姆的小說標
題）

（2）若冠詞、介系詞、連接詞出現於標題中間，就需要使
用小寫。

⇒ × Dr. Jekyll And Mr. Hyde

○ Dr. Jekyll <u>and</u> Mr. Hyde（《化身博士》）

（3）標題中間的代名詞與助動詞使用大寫開頭。

⇒ × As you like it

○ As <u>You</u> Like <u>it</u>（皆大歡喜）

（4）廣為人知的宗教書籍，大多會加上定冠詞，不過加上
的定冠詞皆為小寫。

⇒ <u>the</u> Bible（聖經）

<u>the</u> Analects（論語）

<u>the</u> Book of Changes（易經）

※ The Records of Ancient Matters（《古事紀》）並非
宗教書籍。

規則 51　條約與政府機關的法律、政策、計畫等正式名稱中，實詞的開頭字母要使用大寫

型→〈官方文書等的開頭字母→大寫〉

※ 若以定冠詞開頭，則定冠詞使用小寫。

例
① the Minamata Convention on Mercury
（關於汞的水俁條約：2013）
② the Constitution of Japan（日本憲法）
③ the One-child policy（一胎化政策）
※ policy 大多是小寫。

宗教關聯詞彙的實詞開頭字母

規則 52　宗教的宗派、典籍、神、天使、佛、菩薩等名稱中，實詞的開頭字母要使用大寫

型→〈宗教關聯詞彙的開頭字母→大寫〉

※ 若以定冠詞開頭，則定冠詞要使用小寫。

例
① Evangelical（福音派的[人]）
② the Koran（可蘭經：伊斯蘭教的典籍）
③ the Messiah（救世主）
④ Yahweh（耶和華：希伯來人的神）
　　※ Jehovah 為「耶和華」是舊約聖經裡唯一的神。
⑤ Kannon Bodhisattva（觀音菩薩）

基督教中的「神」，在英文裡有許多表達方式。要注意其表現方法是否帶有定冠詞。

⇒ God; the Creator; the Almighty; the Lord; the One;

the (Supreme) Being; the Divinity; the Most High; Providence;

our Maker; the Supreme Intelligence; the Holy One; the One

above; the Word; our Savior

※ the Lord, the Word, our Savior 也是基督的意思。

月曆關聯詞彙的開頭字母

規則 53 月份、星期、假日等單字的開頭要使用大寫

─型→ 〈月曆有關的詞彙開頭字母→大寫〉

※ 若以定冠詞開頭，則定冠詞使用小寫。

例　① February（二月）

② Wednesday（星期三）

③ the Fourth of July（美國獨立紀念日）

注1　季節以小寫來表示。

⇒ spring（春）、summer（夏）、autumn（秋）、winter（冬）

注2　西元前、西元後的縮寫，也同樣使用大寫。

⇒ 221 B.C.（西元前 221 年：秦始皇統一中國）

A.D. 36（西元後 36 年：第一次觀測到英仙座流星雨）

※ B.C. 與 A.D 也可寫成 BC 與 AD，此外也能使用 small caps（小型大寫字母），寫成 B.C. 或 A.D.

焦點 B.C. 不放在年代的前面，而 A.D 通常會省略，只有在想強調
西元後時，才會放在年代的前面。

⇒ ○ 221 B.C. / × B.C. 221 / × 36 A.D. / ○ 36 B.C.

職稱位階的開頭字母

規則 54　職稱單字的開頭字母要使用大寫

→型→〈職稱相關單字的開頭字母→大寫〉

※ 若以定冠詞開頭，則定冠詞使用小寫。

例

① the President of the United States of America
（美國總統）

② Chairman Xi Jinping（習近平主席）

③ Chancellor Angela Merkel（安格拉·梅克爾總理：德
國總理）

④ King Salman（沙爾曼國王：沙烏地阿拉伯的國王）

⑤ Emperor Godaigo（後醍醐天皇）

⑥ Professor Shintaro Suzuki
（鈴木伸太郎教授：近畿大學的社會學學者）

⑦ Doctor Tanaka [Dr. Tanaka]（田中博士、田中醫生）

⑧ Mr. Williams, Ph.D.
（威廉姆斯博士／博士威廉姆斯先生）

⑨ Major Adams [Maj. Adams]（亞當斯少校）

⑩ Senator Hart [Sen. Hart / sen. Hart]（哈特參議員）

> **規則 55** 作為專有名詞使用的職稱開頭字母要使用大寫。

→型→〈職稱單字的開頭文字→大寫〉

※ 定冠詞為小寫。

例句
① Major Smith pleaded not guilty; the Major was found innocent.

（史密斯少校主張自己是清白的。最後，證明了這名少校是無罪的）

② Priest Adams suggested that educational reforms be promoted for the development of his church, but the Priest's idea was rejected by the church.

（亞當斯神父為了教會的發展提出了教育改革勢在必行，但是教會卻駁回了神父的提案。）

注 若不是特色職稱，則大多數皆使用小寫來標示。相反來說，若想強調職稱的特殊性，就要使用大寫。

人稱代名詞的第一人稱要使用大寫。

型 →〈人稱代名詞 I → 大寫〉

※ 僅使用於單數（一人）的情形。

例句　Do I have to do what you want me to do today?
（我一定要今天做你想要我做的事嗎？）

注　I 與其他人稱代名詞不同，常態上會使用大寫。然而其複數的 we 除了在句子的開頭之外，其他時候與一般單字一樣，在句中的字母都使用小寫。

感嘆詞的 O

感嘆詞的 O 要使用大寫。

型 →〈感嘆詞 O → 大寫〉

例句　How, O my God, has such fortune befallen me?
（哦！我的天！這樣的好運竟然發生在我身上！）

注1　O 與其他感嘆詞不同，常態性地使用大寫。

注2　O 之後原則上不會直接加上逗號。
⇒ ○ O my God.（哦！我的天！）/ ✕ O, my God.

注3　Oh 為習慣用法，在句子中以小寫開頭，後方加上逗號，並在文末以感嘆詞收尾。
⇒ ○ Oh, my God!（哦！我的天！）

規則 58 　用表示家庭關係的詞語彼此稱呼，並且與專有名詞一同使用時，要使用大寫

─型→ 〈家庭關係單字的開頭字母→大寫〉

例句
① Mom, can I ask you to help me do my homework?
（媽！功課上可以請你幫我嗎？）

② My Uncle Jim is planning to come and see us the day after tomorrow.
（我叔叔吉姆打算後天過來看我們。）

注1 若是在陳述而不是在稱呼人的情形，要使用小寫。

⇒ ○ My dad is the manager of the Shibuya branch of the city bank.
（我父親是城市銀行涉谷分行的分行長）

× My Dad is the manager of the Shibuya branch of the city bank.

注2 若沒有與專有名詞一同使用，則使用小寫。

⇒ ○ My uncle is an ophthalmologist. （我叔叔是眼科醫生）

× My Uncle is an ophthalmologist.

規則 59　手寫信件／email 郵件中的開頭與結語，其開頭字母要使用大寫。

型 → 〈開頭與結語的第一個字母→大寫〉

例
① Dear Sir or Madam,（親愛的先生或女士）
　Dear Sam,　（親愛的山姆）
② Best regards,（致上最高的問候）
　Sincerely yours,（誠摯的問候）

注　① 為書信開頭的例子，② 為結語的例子。

商標名的所有字母

規則 60　大寫用於商標名。

型 → 〈英文商標的所有字母→大寫〉

例
SONY（索尼）、LOUIS VUITTON（路易‧威登）
※ 如果商標的所有的字母都登錄為大寫字母，通常字型的設計可以改成第一個字母大寫，或是全部的字母小寫。如果全部的字母都是小寫，也可以註冊商標，但在這個情況下，小寫的設計可能不會被接受。

| 規則 61 | 表示單字拼法時，使用連字號連接各大寫字母。 |

→型→〈構成單字的所有字母→大寫〉

※ 所有字母皆為大寫。（→參考規則 29 [p. 42]：連字號）

例句　The longest palindromic English word may be "reviver," spelt R-E-V-I-V-E-R.

（最長的英文回文單字是「復活者」，拼法為 R-E-V-I-V-E-R。）

※ 回文（palindromic）是指正讀、反讀皆相同的詞語、句子。

強調單字

| 規則 62 | 使用大寫強調單字的聲音或意義 |

→型→〈想強調聲音的部分單字→大寫〉
〈想強調意義的單字→大寫〉

例　① There is a difference in meaning between I ASKed myself and I asked mySELF.

（I asked myself 中強調 ask 或 self，兩者所帶有的意義不同。）

※ 強調 ask 代表「自問」，強調 self 則代表「自我尋找」

② Lucy is not beautiful; she is BEAUTIFUL!!
　　（露西不是漂亮，而是非常漂亮！！）

注　關於意義的強調，使用斜體是最普遍的做法，使用大寫則表
　　示強調的程度較大。因此，像是副詞等的輔助詞性和冠詞、
　　介系詞、連接詞等的功能詞，基本不使用大寫來表示強調。
　　⇒ △ John ran FAST.
　　　　○ John ran *fast*.（約翰跑得真快！）

論文等文章中的名字拼音

規則
63　　論文等文章中的姓名拼音要使用大寫。

型→〈名：最初的字母→大寫〉
　　〈姓：所有字母→大寫〉

例　　Takayuki ISHII（石井隆之）

注　這個方式大多用於英文書籍或論文等的作者名稱標示上。

4 斜體

Italics

表示書籍、節目名、標題等

> **規則 64**
>
> 斜體用於印刷品的標題，如：書籍、學術文獻、雜誌、報紙、政府刊物、戲劇、戲曲、詩歌、音樂劇、歌劇、廣播節目、電視節目、電影等的標題。

型 〈標題全體 → 斜體〉

（→參考規則 50 [p. 67]：大寫）

例

① *Capital*（《資本論》：書籍）

② *The Pillow Book*（《枕草子》：古典小説）

③ *La Traviata*（《茶花女》：威爾第的歌劇）

④ *Up*（天外奇蹟：動畫電影）

注1 論文通常會與收錄論文的學術文獻（期刊與論文集）一同記載，因此為了區別兩者，論文的標題等普遍以單括號表示，不會使用斜體。此外大部分的論文名稱，只會在第一個單字的開頭字母上使用大寫。

⇒ Ishii, T (1994) 'That-trace effect and the binding theory' *Proceedings of TACL/TLF Summer Conference* Vol. 8, 49–60

※ 'That-trace effect and the binding theory'〈補語連詞痕跡作用與約束理論〉是論文的標題，下方斜體部分為收錄這篇論文的期刊名稱。另外，論文名稱中的 that 使用斜體，是為了強調 that 這個單字本身（→參考規則 67 [p. 80]）。

無法使用斜體時，也可以改成使用底線。

⇒ The Capital, the Pillow Book

船名

| 規則 65 | 斜體用於表示船隻或軍艦的名稱。 |

型→〈船隻、軍艦名→全部斜體〉

例句 *The Titanic* sank on the night of April 14–15, 1912.
（鐵達尼號於 1912 年 4 月 14 日晚間至 15 日凌晨沉沒。）

訴訟案件及判例名稱

| 規則 66 | 斜體用於表示訴訟案件與判例名稱。 |

型→〈[原告＋ v ＋句號＋被告]→全部斜體〉
〈the ＋案件名稱＋ case →全部斜體〉

例 ① the case of *Bell v. Gray*
（貝爾與格雷的訴訟案件）
② *the Minamata case*（水俁病訴訟）

注 使用 the case of 這個表達時，這個部分不需要使用斜體。

規則 67　斜體用於表示「～這個單字」或「～這個字母」本身。

型 ①〈想強調的單字→全部斜體〉
②〈想強調的字母→全部斜體〉

例　① The word *order* has a lot of meanings.

（order 這個單字有很多個意思）

② Many basic words that end in *y* mean "full of something."

（許多基本單字都以 y 結尾，意味著「充滿某個事物」）

③ When you pronounce *honest*, the *h* must not be sounded.

（當你在唸 honest 時，h 不能發音）

注　如例 ①，當要談論的單字作為主詞時，使用 the word... 的句型來呈現比較好。

⇒ △ *Order* has a lot of meanings.

※ 若寫成 The order has a lot of meanings.，會變成強調 order 字義的句子，表示「那道命令有許多不同含意」。

參考　這邊舉出幾個以 y 結尾並代表「很多」的例子，請大家留意。

・woody（樹木茂盛的）

・oily（油膩的；諂媚的）

・ratty（多鼠的；[美式口語]破舊的；[英式口語]暴躁的）

- foggy（多霧的、[想法]模糊的、朦朧的）

  ⇒ I have a foggy memory of my childhood.

  （我想不太起來我的童年）

由外文組成的單字（詞組）

規則 68　斜體用於表示非英文組成的單字（詞組）。

→型→ 〈外文單字（詞組）→全部斜體〉

例句　① *Takoyaki* is my favorite Japanese food.

　　（章魚燒是我最喜歡的日本食物）

　　※ 書寫日文名詞時，不需要冠詞，如：不會寫成 a takoyaki。

② The notion *shinbutsu shugo* is the key to a clear understanding of Japanese religions.

　　（「神佛習合」的概念是清楚了解日本宗教的關鍵）

　　※ 日文的複合詞可以使用連字號，將其組合成一個單字。

　　⇒ shinbutsu-shugo

　　譯註：「神佛習合」指的是日本神道與佛教的融合現象。

注1　使用斜體時，單字開頭不會使用大寫。

　⇒ ✕ My favorite Japanese food is *Takoyaki*.

　　○ My favorite Japanese food is *takoyaki*.

注2　斜體的使用範圍僅在單字、詞組間，若是子句就要使用引號。

規則 69 斜體用於強調句子中的特定詞彙。

型→ 〈想強調的詞彙→全部斜體〉

※ 能強調單字、詞組及子句。

例句
① What do *you* think of her idea?

（你認為她的想法怎麼樣？）

② I haven't met him *since then*.

（從那之後，我再也沒有見過他了）

③ That was not *the* white tiger we were looking for.

（那不是我們正在找的那隻白老虎）

注 強調單字並非只有使用斜體 the 的方法，以下幾個句子也帶有相同語意。

⇒ That was not *the white tiger we were looking for*.

[將 not 之後的語句改成斜體]

That was *not* the white tiger we were looking for.

[將 not 改成斜體]

That was NOT the white tiger we were looking for.

[將 not 改成大寫]

規則 70　斜體用於表示同一本書目中的參考要點。

型→ 〈See（+ also）+ page +阿拉伯數字+句號〉

※ 只有 see 和 see also 的部分是斜體。

例句　① *See* page 36.（參考第 36 頁）

　　　　② *See also* page 108.（也參考第 108 頁）

注　若 See 和 See also 之後的單字（詞組）是斜體，則 See 和 See also 就不使用斜體。

⇒ ○ See *Kantian philosophy*.（參考「康德哲學」）

　　△ *See Kantian philosophy*.

5 縮寫

Abbreviation

人名前的敬稱與稱謂

規則 71 人名前面的敬稱與稱謂多以縮寫來表示。

型→〈敬稱／稱謂（＋句點）＋空格＋人名〉

例

① Mr. Hooper（胡珀先生）

② St. Mark（聖馬可）〈St. = saint（聖人）〉

③ Adm. Phillips（菲利浦斯上將）

　〈Adm. = admiral（海軍上將；艦隊司令）〉

④ the Rev. Bill Jackson（比爾・傑克森牧師）

　〈the Rev. = the Reverend（對基督教聖職者的尊稱）〉

⑤ Messrs. T. I. Green & Co.（T.I. Green 公司的各位）

注1 在英文表達中，由單字的第一個及最後的字母形成的縮寫，這種縮寫有省略句號的趨勢。

⇒ Mr Watson（華生先生）

　Dr Mary Smith（瑪莉・史密斯博士）

※ Ms 雖然不是縮寫，但是卻與 Mr 一樣使用句號。當然在英文書寫上，是可以不使用句號的。→ Ms Jones（瓊斯女士）

注2 Reverend 也可以縮寫成 Revd.。

另外，也可以加上 Mr. 寫成：the Reverend Mr. Bill Jackson。

並且在例 ④ 中，Rev. 前的 the，也就是 the Reverend... 的 the 也可以省略。

注3 （以小寫開頭的） reverend 是形容詞，表示「聖職者的」的意思，一般會加上普通名詞。⇒ the Reverend gentleman（聖職者）

注4 Messrs. 是 Messieurs 的縮寫，為 Mr. 的複數型態。通常冠在公司名稱前，代表「諸位、諸君」的意思。

由兩個單字以上組成的組織名稱

> **規則 72** 政府機關、國際組織、電視台、協會、宗教團體等，由兩個單字以上組成的組織名稱，其縮寫為各個單字的大寫開頭字母。

型→〈兩個以上的大寫字母〉

例
① EU [=European Union: 歐洲聯盟]
② CNN [=Cable News Network: 美國有線電視新聞網]
③ OPEC [=Organization of the Petroleum Exporting Countries: 石油輸出國組織]
④ JETRO [=Japan External Trade Organization: 日本貿易振興機構]
⑤ UNESCO [=United Nations Educational, Scientific and Cultural Organization: 聯合國教科文組織]

注 一般由四個字母以上組成的縮寫叫作 acronym（首字母縮略字），其唸法並非一個字母、一個字母來發音，而是作為一個單字來發音。（上述例 ③ 以下的例子）

⇒ OPEC → [`opɛk]　JETRO →[`dʒɛtro]

　　UNESCO → [ju`nɛsko]

　　另一方面，由兩個字母或三個字母（上述例 ① 與例 ②）組成，並按照其字母順序發音的縮寫稱作 initialism。其他例子如：FBI（聯邦調查局）、NHK（日本廣播協會）等。

元素標記

> **規則 73**　元素名稱的縮寫（＝元素記號）取自名稱中第一個字母的大寫，或者再加上一個小寫字母。

━❖━▶ 〈元素記號→一個大寫字母（＋一個小寫字母）〉

例　　① F（fluorine = 氟：鹵素中最輕的元素，原子序號 9）

　　② Eu

　　（europium = 銪：銀白色金屬，原子序號 63）

參考1　幾個重要元素的英文如下：

C: carbon（碳）

H: hydrogen（氫）

O: oxygen（氧）

N: nitrogen（氮）

Mg: magnesium（鎂）

Ca: calcium（鈣）

K: potassium（鉀）

S: sulfur（硫磺）

Fe: iron（鐵）

P: phosphorus（磷）

※ 以上為植物必需的十大元素。

拼字號

1
縮寫

2
大寫

3
短縮

4
總寫 abbr

5
複合字 comp

6
數字符號 123

7
字種差異 Prk/Suk

8
美英差異 AE/BE

9
拼寫變形 (1)(2)(3)

10

參考2 其他常見的元素，英文如下：

B: boron（硼）

F: fluorine（氟）

I: iodine（碘）

Cl: chlorine（氯）

Br: bromine（溴）

As: arsenic（砷）

特定的詞組或句子

規則 74 特定的詞組或句子會以頭字語呈現。

型→〈特定的詞組、句子→以單字頭組成的頭字語〉

例

① KISS（= keep it short and simple: 保持簡短與簡單）
[書寫書信時，簡短表達是重要且要留心的事物]

② IMHO（= in my humble opinion: 依我的淺見…）
[在 email 中會出現，要多加留意]

③ IOU（= I owe you: 借條）

④ PTO（= please turn over: 請翻至下頁）

⑤ RSVP（= [法文] Répondez s'il vous plaît [=Please reply]：請回覆）

※ ⑤ 多用於邀請卡。

規則 75	小寫字母的縮寫經常使用於學術論文或技術文件中。

─型→〈小寫字母＋句號＋小寫字母＋句號〉等

例

① e.g. [= *exempli gratia*: 舉例來説（= for example）]

② i.e. [= *id est*: 換句話説（= that is）]

③ ibid. [= *ibidem*: （書、頁等）同一個地方、出處同上]

※ 主要使用於引用句或註腳，一般以斜體標示。

星期、月份名

規則 76	星期及月份名大多以縮寫表示

─型→標準型〈最前面三～五個字母＋句號〉→ **1** 和 **2**

最短型〈最前面一～二個字母＋句號〉→ **3** 和 **4**

例

① 星期名→ Sun. Mon. Tue(s). Wed. Thu(rs). Fri. Sat.

中　譯→ 日　一　　二　　三　　　四　　五　六

② 月份名→ Jan. Feb. Mar. Apr. Aug. Sep(t). Oct.

Nov. Dec.

中　譯→一月　二月 三月 四月　八月　九月　十月

十一月 十二月

※ May、June、July 通常不會省略。

③ 星期名→ Su. M. Tu. W. Th. F. Sa.

中　譯→ 日　一　二　三　四　五　六

④ 月份名→ Ja. F. Mr. Ap. My. Je. Jl. Ag. S. O. N. D.

中　譯→ 一 二 三 四 五 六 七 八 九 十 十一 十二

※ 月份名中，由於一月、六月、七月皆以 J 開頭，三月、五月以 M 開頭，四月、八月以 A 開頭，因此這幾個月份都是兩個字母來呈現。

注　若因為圖表等空間不足，則可使用「最前面的三個字母」、不加句號。

⇒ 星期名→ Sun Mon Tue Wed Thu Fri Sat

月份名→ Jan Feb Mar Apr May Jun Jul Aug Sep Oct Nov Dec

表示上、下午

規則 **77**

使用縮寫來表示「上午～點」、「下午～點」。使用大寫時，多以小型大寫字母 (small caps) 書寫。

型→大寫字母〈上午／下午 X 點→ X ＋ SP ＋ A.M. / P.M.〉

小寫字母〈上午／下午 X 點→ X ＋ SP ＋ a.m. / p.m.〉

※ 使用句號為正確用法。SP 表示空格。

例　3 A.M.（上午三點）

※ A.M. ＜ ante meridiem (= before noon)

4 P.M.（下午四點）

※ P.M. ＜ post meridiem (= after noon)

注1 表達「上午／下午～點」時，使用介系詞 at 。

⇒ at 5 A.M. （上午五點）

※ 即使中文帶有「從～」的意思，但要注意有些情形無法使用 from 。

⇒ School begins at 9 a.m. （學校從 9 點開始）

[× . . . from 9 a.m.]

注2 使用數字拼音時，基本不使用縮寫；相反的，若不使用拼音，使用縮寫會比較好。

⇒ ○ at two in the afternoon / × at two p.m.

○ at 2 p.m. / △ at 2 in the afternoon

注3 這個省略符號無法放在數字前。

⇒ × A.M. 10（上午十點）

注4 無法與 o'clock 併用。

⇒ × at 11 o'clock p.m. / × at 11 p.m. o'clock （下午十一點）

○ at 11 o'clock （十一點）

※ 如果使用 o'clock，即使在下午也可能無法表達下午。

⇒ ○ at 11 o'clock in the morning（上午 11 點）

△ at 11 o'clock in the afternoon（下午 11 點）[不自然]

○ at 3 o'clock in the afternoon （下午 3 點）[這樣 OK]

※ 下午十一點已經是晚上，因此即使 afternoon 代表「下午」的意思，一般也很少與 in the afternoon 結合。

⇒ ◎ at 11 o'clock at night（晚上 11 點 [=下午 11 點]）

參考 請留意以下縮寫的些微差異：

AM：amplitude modulation（振幅調變）

cf. FM （=frequency modulation [頻率調變]）

Am: americium（鋂：原子序為 95）

Am.: America 或 American 的縮寫。

PM: preventive maintenance（預防性維修）、

　　procedures manual（操作手冊）等

Pm: promethium（鉕：原子序為 61）

pM: picomole（皮莫耳：10 的負 12 次方莫耳）

經緯度的表達

> **規則**
> **78**　　**在技術文書或圖表內，可以使用縮寫表示經緯度。**

型 → ① 緯度〈 **lat** ＋度的數值＋°＋分的數值＋'（＋秒的數值＋"）**N./S** 〉

② 經度〈**long** ＋度的數值＋°＋分的數值＋'（＋秒的數值＋"）＋ **E. / W.** 〉

※ N.= north、S. = south、E. = east、W. = west

注：習慣上 lat 與 long 不加句點，不會寫成 lat. 或 long.。

例　　① lat 40° 25's（南緯 40 度 25 分）

② long 136° 47' 58" W.（西經 136 度 47 分 58 秒）

例句　The area is located at 33 degrees 33 minutes 33 seconds of north latitude.

（這個區域位於北緯 33 度 33 分 33 秒）

[=The area is located at lat 33°33'33" N.]

[=The area is located at 33°33'33" north latitude.]

※ 實際上確實有地區位在北緯 33 度 33 分 33 秒，東經 133 度 33 分 33 秒。這個地區在日本高知縣，由於全部都是 3，因此有「地球 33 番地」之稱。並於每年

的 3 月 3 日舉辦活動，招待遊客加入 33 種食材的 33
特色火鍋。

美國的地名等

| 規則
79 | 美國地名中的州、領土、所屬領地等的名稱可以使用縮寫，並用於圖表、註解、參考文獻、清單、目錄、索引、郵局地址等。 |

型→ ① 一般型〈地名的一部份＋句點〉
　　② 郵政型〈代表地名的兩個大寫字母〉

例　　① Wash.（華盛頓州）/ Calif.（加利福尼亞州）
　　　② WA（華盛頓州）/ CA（加利福尼亞州）

注　紐約州的標示方法，① 為 N.Y.，② 為 NY。

6 複合詞

Compound

從前面修飾名詞的複合形容詞

規則 80　由兩個單字組成的形容詞被用來修飾後方的名詞時（＝前位修飾的複合形容詞），其單字之間要使用連字號。

型→〈前半部單字＋連字號＋後半部單字〉

例句　She met a well-known violist.

（她遇到知名小提琴家）

從後面修飾名詞的複合形容詞

規則 81　由兩個單字組成的形容詞被用來修飾前方的名詞時（＝後位修飾的複合形容詞），其單字之間不使用連字號。

型→〈前半部單字＋空格＋後半部單字〉

例句　He met a violinist well known for his conspicuous musical talent.

（他遇到了一個以傑出才能聞名的小提琴家）

| 規則 82 | 作為補語的複合形容詞（敘述用法），兩個單字之間不使用連字號來連接。 |

型→ 〈前半部單字＋空格＋後半部單字〉

例句 She is well known as a cellist.

（她作為大提琴演奏家名聞遐邇）

注 若是從前面修飾名詞的前置用法（＝限定用法），即便名詞詞組是補語，按照規則 80 還是要加上連字號。

⇒ She is a well-known cellist. （她是個著名的大提琴家）

具有 A 擁有 B 之關係的複合名詞

| 規則 83 | 當具有「A 擁有 B」的關係時，其複合名詞型態為 AB，共有 1 及 2 兩種形式。 |

型→ ① 一個單字〈複合名詞→ A ＋ B 〉

② 兩個單字〈複合名詞→ A ＋空格＋ B 〉

※ 為 [A has a B / A has B-s] 的關係

注：A 與 B 皆為名詞。

例 ① a doorknob（門把）[＜A door has a knob.]

a flowerbed（花壇）[＜Flowers have a bed.]

② a computer screen（電腦螢幕）

[＜A computer has a screen.]

a table leg（桌腳）[＜A table has legs.]

規則 84

當具有「A 由 B 構成」（= A 變成 B）或「A 含有 B」的關係時，其複合名詞型態為 AB，共有 ① 及 ② 兩種形式。

型 ① 一個單字〈複合名詞 → A ＋ B〉

② 兩個單字〈複合名詞 → A ＋空格＋ B〉

※ 為 [A is made into a B / A is made into B-s / A is made into B] 的關係

[A is contained in a B / A is contained in B] 的關係

注：A 與 B 皆為名詞。

例

① breadcrumbs（麵包屑）

[＜Bread is made into crumbs.]

a sandbag（沙袋）

[＜Sand is contained in a bag.]

② chocolate chips（巧克力脆片）

[＜Chocolate is made into chips.]

chicken curry（雞肉咖哩）

[＜Chicken is contained in a curry.]

規則
85
當具有「**A 與 B 相似**」之關係時，其複合名詞型態為 **BA**，共有 ① 及 ② 兩種形式。

型→ ① 一個單字〈複合名詞→ **B ＋ A** 〉

② 兩個單字〈複合名詞→ **B ＋空格＋ A** 〉

※ 為 [A is like a B / A is like B-s / A is like B] 的關係

注：A 與 B 皆為名詞。

例　　① a dragonfly（蜻蜓）[＜a fly like a dragon]

② a sponge cucumber（絲瓜）

　　　[＜a cucumber like a sponge]

具有 A 製作 B 之關係的複合名詞

規則
86
當具有「**A 製作 B**」之關係時，其複合名詞型態為 **BA** ，共有 ① 及 ② 兩種形式。

型→ ① 一個單字〈複合名詞→ **B ＋ A** 〉

② 兩個單字〈複合名詞→ **B ＋空格＋ A** 〉

※ 為 [A makes a B / A makes B-s / A makes B] 的關係

注：A 與 B 皆為名詞。

例　　① a silkworm（蠶）[＜A worm makes silk.]

② a milk cow（乳牛）[＜A cow makes milk.]

焦點　a coffee maker 與 a coffee maker maker 的不同

　　　a coffee maker 如例 ②（A maker makes coffee），是「咖啡業者」的意思。另一方面， a coffee maker maker 也如例

② （A maker makes a coffee maker），意思是「咖啡機的業者」。

具有 A 因 B 而存在之關係的複合名詞

| 規則 87 | 當具有「A 因 B 而存在」（= A for B）的關係時，其複合名詞型態為 **BA**，共有 ① 及 ② 兩種形式。 |

→型→ ① 一個單字〈複合名詞→ **B ＋ A**〉

② 兩個單字〈複合名詞→ **B ＋空格＋ A**〉

※ 是 [A for a B / A for B-s / A for B] 的關係

注：A 與 B 皆為名詞。

例　　① a teacup（茶杯）[< a cup for tea]

② an English teacher（英文老師）

[< a teacher for English]

注1 a cup of tea 有 (a)「一杯紅茶」以及 (b)「裝有紅茶的杯子」的意思，並不是 a cup for tea，因此無法寫成 a teacup。

⇒ (a) I drank a cup of tea.

（我喝了一杯茶）

(b) I broke a cup of tea.

（我將裝有紅茶的杯子打破了）

焦點：(a) 的核心是 tea，(b) 的核心是 cup。

注2 an English teacher 中的 English 當名詞時，代表「英文老師」的意思。然而 English 還有表示「英格蘭的」的形容詞用法，因此也帶有「英格蘭的老師」的意思。雖然帶著半開玩笑的意思在，但 an English English teacher 代表著「英格蘭的

英文老師」。

※ 雖然語序是〈形容詞〉〈名詞〉〈名詞〉，但是當名詞並
列時，其重音會落在第一個的名詞上。

類似 (a) a woman doctor [woman 為名詞]

[=a doctor for woman]（婦科醫生）

(b) a woman doctor [woman 為形容詞]（女醫生）

(c) a woman woman doctor [形容詞＋名詞＋名詞]（女性婦科
醫生）

7 數字符號

Number Notation

基數與序數

規則
88

數詞分為基數（**cardinal**）與序數（**ordinal number**）兩種。兩者各有以下兩種標示方法。

型→ 方法 1　使用阿拉伯數字
　　　方法 2　單字拼寫

例｜　　方法 1　基數 ⇒ 1, 2, 3, 4, 5, …
　　　　　　　序數 ⇒ 1st, 2nd, 3rd, 4th, 5th, …
　　　方法 2　基數 ⇒ one, two, three, four, five, …
　　　　　　　序數 ⇒ first, second, third, fourth, fifth, …

用阿拉伯數字表達基數的方法

規則
89

每三位數使用逗號區隔。

例｜　123,456,789

(one hundred twenty-three <u>million</u> four hundred fifty-six <u>thousand</u> seven hundred eighty-nine)

注　使用逗號為的是方便閱讀，逗號代表畫底線的地方。切記年號不能使用逗號。

　　⇒ ○ 2017（西曆 2017 年）[= × 2,017]
　　　○ 2,017（代表「兩千零十七」這個數值）

規則
90

以阿拉伯數字表現序數時，原則上數字後要加上表示順序的字尾 (th)，並作為一個單字使用。

不過，要注意以下幾點：

注意 1：個位數是 1 時，加上 first 的語尾 st。

注意 2：個位數是 2 時，加上 second 的語尾 nd。

注意 3：個位數是 3 時，加上 third 的語尾 rd。

※ 個位及十位數分別是 11、12、13 時，要加上 th。

例　　第 11（的）→ ○ 11th (eleventh)

第 12（的）→ ○ 12th (twelfth)

[拼寫時要注意拼字]

第 13（的）→ ○ 13th (thirteenth)

第 21（的）→ ○ 21st (twenty-first)

　　　　　　　× 21th (× twenty-oneth)

第 32（的）→ ○ 32nd (thirty-second)

　　　　　　　× 32th (× thirty-twoth)

第 123（的）→ ○ 123rd (one hundred twenty-third)

　　　　　　　× 123th

第 113（的）→ ○ 113th (one hundred thirteenth)

　　　　　　　× 113rd

> **規則 91**
>
> **在拼寫 hundred 或逗號所代表的位數 (thousand, million, trillion) 時，要注意以下兩點。**
>
> **注意 1：不能寫成複數型態。**
>
> **注意 2：若數字為 1,000…，開頭要加上 one。**

例　① 2,345 → ○ two thousand three hundred (and) forty-five

　　　　　× two thousands three hundreds (and) forty-five

※ 加入 and 的寫法為英式用法。

② 1,234 → ○ one thousand two hundred thirty-four

　　　　　× thousand two hundred thirty-four

※ 中文與英文相同，千的前面不可省略「一」。

注　數值拼寫是指，按照其發音用英文寫出數值。此時，若最後兩位數的數字大於 21 且並不是 10 的倍數時，十位數與個位數之間要用連字號連接。

⇒ 34 → × thirty four / ○ thirty-four

　 285 → × two hundred eighty five / ○ two hundred eighty-five

規則 92	其一：除了 **1, 2, 3** 及最後兩位是 **11, 12, 13** 之外，其他數字若是以 **1, 2, 3** 結尾，分別以 **first, second, third** 來表示。 其二：除了其一以外的所有數字，皆在拼音之後加上 **th**。 ※ 要注意能以 **10** 整除且為 **20** 以上的兩位數，其拼音會產生變化。〈 …ty → …t + ie + th 〉

例　　453rd → four hundred fifty-third

[最後兩位不是 11, 12, 13，並以 3 結尾]

454th → four hundred fifty-fourth

[最後兩位不是 11, 12, 13，並以 4 結尾]

1013th → one thousand (and) thirteenth

[最後兩位是 13]

20th → twentieth / × twentyth

30th → thirtieth / × thirtyth

注1　4th 的拼音是 fourth (× forth)、5th 是 fifth (× fiveth)、8th 是 eighth (× eightth)、9th 是 ninth (× nineth)。

注2　12th 的拼音是 twelfth (× twelveth)。

注3　40th 的拼音是 fortieth (× fourtieth)。

規則 93 原則上，句子中（未滿十）的個位數字會以拼音表示。

例句

① ○ I discussed the issue with three people.

（我與三個人討論了這項議題）

× I discussed the issue with 3 people.

② ◎ She interviewed 22 people in total yesterday.

（她昨天總共面試了二十二個人）

○ She interviewed twenty-two people in total yesterday.

注 原則上未滿十的數字要使用拼音，然而這不代表十以上的數字就不能使用拼音，因此如例 ② 將數字拼寫出來也是沒有問題的。不過，若數字很大的話，建議不要使用拼音會比較好。（→規則 94 [p. 104]）

⇒ ◎ The village has a population of 2,357.

× The village has a population of two thousand three hundred fifty-seven.

規則 94	若使用拼音會變成長句，就以阿拉伯數字來表示。 若數值較大且複雜，建議不要使用拼音。 然而，若是超過一百萬以上且以拼音呈現會比較容易閱讀的情形，則建議使用 **million** 等單字。

例句

① ◎ The ballpark can hold up to 58,000 spectators.
（這座棒球場能容納 58,000 人）

△ The ballpark can hold up to <u>fifty-eight thousand</u> spectators.

② ◎ The total population of this city exceeds 100,000.
（這座城市的總人口超過 10 萬人）

○ The total population of this city exceeds <u>one hundred thousand</u>.

✕ The total population of this city exceeds <u>100 thousand</u>.

※ 阿拉伯數字不能和 thousand 一起組合。

③ ◎ The total population of that city is about 123,000.
（那座城市的總人口大約 123,000 人）

✕ The total population of that city is about <u>one hundred twenty-three thousand</u>.

※ 若以拼音呈現數字，整體會變得很複雜。

④ ○ The country had a population of 125,000,000.
（那個國家的人口有 1 億 2500 萬人）

◎ The country had a population of 125 million.

※ 使用 million 會比較容易閱讀。

注 中文的標示方式中，也有閱讀容易度的差異。

△ 一億兩千五百萬 ＜ ○ 125,000,000 ＜ ◎ 1 億 2500 萬

全以中文字來表達數值，會有些不易閱讀。因此若是數字較大，也可以將億及萬以外的部分改成阿拉伯數字，這樣便會簡單明瞭許多。

數字拼音使用於句子開頭

規則
95

在句首的數字原則上使用拼音。
若不易閱讀除了將數字改成阿拉伯數字外，還需要加上其他表達方法。
以下是兩個代表性的表達方法：
方法 1：以〈**A total of ＋數值**〉開頭。
方法 2：以〈**About ＋概數**〉等開頭。
※ 若想強調未達到 **X** 數值時，可以使用 **Nearly (Almost) X**；若想強調超過 **X** 數值，則使用 **Over (More than) X**。

例句 ① ○ Forty-five students were in the classroom.
（教室裡有 45 名學生）

△ 45 students were in the classroom.

② ○ Five hundred ninety-eight people visited the museum yesterday.

（昨天有 598 人參觀博物館）

◎ A total of 598 people visited the museum yesterday.

（昨天總計有 598 人參觀博物館）

◎ Nearly 600 people visited the museum yesterday.

（昨天有將近 600 人參觀博物館）

注 唯一能在句首使用的阿拉伯數字，只有西曆年而已。

⇒ <u>2000 was a crucial year</u> for millions of computers which could not distinguish between 2000 and 1900.

（2000 年對於無法辨識 2000 年與 1900 年的數百萬台電腦來說，是重要的一年。）

另外，以〈 the year ＋西曆年〉開頭是更加理想的。

⇒ ◎ <u>The year 2000 was crucial</u> for millions of computers which could not distinguish between 2000 and 1900.

規則
96

年齡、身高、長寬高等的尺寸、距離、正確的年月日時、正確的金額、比例、頁數、住址等，以及資料中的數值、其他度量衡的正確標示，皆使用阿拉伯數字。

※ 未滿十的數值也使用阿拉伯數字。

例句

I'm Takayuki Ishii, 60.（我是石井隆之，六十歲）

◎ He is a 4-year-old child.（他是個四歲的小孩）

○ He is a four-year-old child.

※ 一歲比起 1-year-old，一般更喜歡寫成 one-year-old。

On November 27, my friends threw a birthday party for me.

（在 11 月 27 日，我朋友為我舉辦了生日派對）

We are expecting you at 5:30 p.m.

（期待下午五點三十分與您見面）

※ We are waiting for you at 5:30 p.m. 這句子並不適當。

wait 是等待時間的表達，因此應該寫成如下句子。

⇒ We have been waiting for you for almost an hour.

（我們等了你快一個小時了）

例

with a ratio of 3 to 4 （3:4 的比例）

line 24 on page 36 （第 36 頁第 24 行）

1-28-7, Nagao-nishi-machi, Hirakata City, Osaka, 573-0162, Japan

（〒 573-0162 大阪府枚方市長尾西町 1-28-7）

規則 97	基數本身也代有名詞的用法。

型→ 以下三個型態為典型用法：

(a) 形式 1：數字 X 的拼字型態有〈X 人〉的意思

(b) 形式 2：與介系詞結合，用來表示時間關係。

　　　(1) at ＋數字 X（X 時）

　　　(2) on ＋數字 Y（Y 日）

　　　(3) in ＋數字 Z（西曆 Z 年）

(c) 形式 3：at ＋數字 X（X 歲）

　　　[at the age of X 的省略]

例句　(a) Another three came to the farewell party.

　　　（另外三個人參加了歡送會）

　　　(b) I usually get up at 5 in the morning.

　　　（我一般早上五點起床）

　　　(c) She died of cancer at 45.

　　　（她在四十五歲時死於癌症）

規則 98　定冠詞 (the) 或代名詞的所有格 (one's) 一般會加在序數前面。

型→ 形式 1 〈the ＋序數〉

形式 2 〈one's ＋序數〉

例句

形式 1　The fourth volume is far more interesting than the third.

（第四卷比第三卷還要有趣的多）

形式 2　My first visit to this city became a very fruitful experience.

（我初次來到這座城市成了豐富的體驗）

規則 99	〈 the ＋序數＋名詞〉能改寫成〈名詞＋基數〉，形態如下。

━型━▶〈名詞（單字開頭大寫）＋基數（羅馬數字）〉

※ 這邊的基數數值，若是特別大的數字也可以改為使用阿拉伯數字。

注：改寫時名詞能使用縮寫。

例

① the fourth volume → Volume IV (＝Vol. IV)

② the 21st chapter → Chapter 21 (＝Chap. 21)

注：使用序數時，應避免使用名詞的縮寫。

⇒ ✕ the fourth vol. / ✕ the 21st chap.

| 規則 100 | 〈不定冠詞＋序數＋名詞〉能表示 another 的意思。 |

→型→ 〈 a ＋序數（＋名詞）〉 ＝ 〈 another （＋名詞）〉

例句

① Do it a second time.
（再做一次）
[=Do it another time.]

② Two people were taking a nap, while a third drove all the way.
（當另一人整個途中都在開車時，其他兩人在小憩片刻）

參考 例 ① 若寫成 Do it the second time. 會變成「做第二次」的意思。不過，最近不太區分兩者差異的母語人士有增加的趨勢。

101　half 可當作名詞或形容詞使用。

形式 1　〈（the ＋形容詞＋）half（＋ of ＋ the / one's ＋名詞）〉

形式 2　〈a / the / one's ＋ half ＋名詞〉
[形容詞用法 1]

形式 3　〈half ＋ a / the / one's ＋名詞〉
[形容詞用法 2]

※〈half ＋ a ＋名詞〉的名詞是「表示數量的單位名詞」。

例句　形式 1　Cut the cake in half.
[=Cut the cake into halves.]
（將蛋糕切一半）
She spent the first half of the year in Germany.
（她在德國度過了上半年）

形式 2　He has lived in Cairo for one and a half years.
[=He has lived in Cairo for one year and a half.]
（他已經住在開羅一年半了）

形式 3　Half a year has passed since he moved here.
（他搬到這邊已經過了半年）
Half her friends agreed with her idea.
（她半數的朋友都贊成她的想法）

注　half 後若連接 the/one's/this/that 等名詞詞組，則可以使用 half of 的句型。但是若 half 後連接的是「不定冠詞＋表示數量的單位名詞」，則無法使用 half of。
⇒ ○ half (of) the apple（半顆蘋果）

○ half (of) his friends（他半數的朋友）

⇒ ○ half a year（半年）/ ✕ half of a year

○ half a dozen（半打）/ ✕ half of a dozen

相反地，若 half 之後連接的是代名詞，就必須加上 of。

⇒ ○ half of them / ✕ half them

倍數用法 2　形容詞的原級

規則 102　五種使用形容詞原級 (A) 的倍數表達。

型 → 形式 1　〈half as A as …〉（…A 的一半）

形式 2　〈twice as A as …〉（…A 的兩倍）

形式 3　〈X times as A as …〉（…A 的 X 倍）

形式 4　〈as A again as …〉（…A 的兩倍）

形式 5　〈half as A again as …〉（…A 的一倍半）

※ 形式 5 寫成〈one and a half times as A as …〉較佳。

例句　形式 1　○ This avenue is half as wide as that one.
（這條大道的寬度只有那條大道的一半）

形式 2　○ That avenue is twice as wide as this one.
（這條大道的寬度是那條大道的兩倍）

形式 3　○ This watch is four times as expensive as that one.
（這支手錶比那支手錶貴了四倍）

形式 4　○ Her wardrobe is as large again as mine.
（她所持有的衣服數是我的兩倍）

形式 5　○ I am half as old again as she.
（我比她年長一點五倍）

[=I am one and a half times as old as she.]

※ 沒有 one time and a half as⋯as～的句型。

參考：one hour and a half [= one and a half hours]（一個半小時）

注 wardrobe 可以作為「衣服數量」的意思。

⇒ She has a large wardrobe. （她有很多衣服）

倍數用法 3　形容詞的比較級

規則 103　使用形容詞比較級 (A) 的倍數表達。

型→ 〈X times 比較級 than ⋯〉（⋯ A 的 X 倍）

例句　My debt is at least five times larger than yours.
（我的借款至少是你的五倍[比你大五倍]。）

注 twice 無法與比較級一同使用。

⇒ × The number is twice larger than that.
（這個數字是那個數字的兩倍）

○ The number is twice as large as that.

規則 104	使用〈表示數量的名詞 (N)〉來代替形容詞的倍數表達，能以以下方式表達。

型 → 形式 1　〈half / double / triple / quadruple + the + N (+ of A)〉
　　　　　　（ = [A 的] 一半 / 二倍 / 三倍 / 四倍的 N ）
形式 2　〈X times + the + N (+ of A)〉
　　　　　　（ = [A 的] X 倍的 N ）

例句　形式 1　(1) He spent quadruple the amount of the budget on books.
　　　　　　　　（他在書本上花了預算的四倍）
　　　　　　(2) She earns double the amount of the money her husband does.
　　　　　　　　（她賺的錢是她丈夫的兩倍）
　　　形式 2　That is a star 1,000 times the mass of the sun.
　　　　　　　（那顆星星的質量是太陽的一千倍）

注1　double the amount 可以講成 twice the amount。

注2　中文的句子可使用兩個「的」，例如「星星的質量是太陽的一千倍」。但寫成英文時，不能與中文一樣使用兩個以上的 of。

　　⇒　✕ a star 1,000 times of the mass of the sun
　　　　✕ a star of 1,000 times of the mass of the sun
　　　　✕ a star of 1,000 times the mass of the sun
　　　　◯ a star 1,000 times the mass of the sun
　　　　　[= ◯ a star that is 1,000 times the mass of the sun]

※「星星的質量是太陽的一千倍」這句話，不能因為能直接
　以中文說出來，就不變換句構而直譯成英文，這樣翻譯出
　來的英文當然會是錯誤的。

⇒ ✕ a star of the mass of 1,000 times of the sun

　　✕ a star of the mass of 1,000 times the sun

　　✕ a star the mass of 1,000 times the sun

規則
105

拼字型態的分數有以下三種。

※ 不過，已逐漸不再需要按照形式 1 到 3 的順序進行拼寫。

形式 1　分母與分子皆不大的情形

⇒〈（基數 [A] and）基數 [B] ＋連字號＋序號 [C](-s)〉（＝ [A 又] C 分之 B）

※ 基數 [B] 若大於 1，序號 [C] 要加 s。

→ 參考規則 14、15 (pp. 32-33)：連字號

形式 2　分母或分子較大的情形

⇒〈基數 [A] over 基數 [B]〉

（＝B 分之 A）※ A 與 B 使用阿拉伯數字較佳。

形式 3　分母或分子中帶有符號的情形

⇒ (a)〈符號 [P] over 基數 [A]〉

[分子為符號，分母為基數]：

中文為「A 分之 P」

(b)〈基數 [B] over 符號 [Q]〉

[分子為基數，分母為符號]：

中文為「Q 分之 B」

(c)〈符號 [P] over 符號 [Q]〉

[分子為符號，分母也為符號]：

中文為「Q 分之 P」

※ A、B 都使用阿拉伯數字為基本原則。

注：在形式 2 及 3 中，over 可換成斜線，不過若使用斜線，數字就不能使用拼字型態。

例　　　形式 1　3 又 21 分之 4
　　　　　　　　= ○ three and four-twenty-firsts
　　　　　形式 2　1,234 分之 11
　　　　　　　　=○ 11 over 1,234 = △ eleven over one
　　　　　　　　thousand two hundred thirty-four
　　　　　形式 3　(a) 7 分之 X = ○ X over 7
　　　　　　　　(b) (a+b) 分之 36 = ○ 36 over (a+b)
　　　　　　　　(c) xy 分之 (c+d) = ○ (c+d) over xy
　　　　　　　　　[= ○ c plus d over xy = ○ c plus d / xy]
　　　　※ c plus d over xy 代表 (c+d)/xy；c and d over xy 代表
　　　　c+d/xy 的帶分數 (a mixed fraction)。

注　four-twenty-thirds 代表「23 分之 4」，若只有 twenty-thirds
其連字號會變成隔開分子分母的功用，數字會變成「3 分之
20」。

118

規則 **106**

到小數點為止的部分以基數表示，小數點為 **point**，小數點以下的數字以個別單字表示。

型→〈數值的拼字型態＋ **point** ＋個別數字的拼字型態〉

※ 0.XXX… 的寫法，0 的部分可寫成[英式] nought 或[美式] zero。

例

0.8 → nought point eight [= [美式] naught point eight]
※ 雖然 nought 的美式拼法為 naught，但一般使用 nought。
0.46 → [美式] zero point four six
123.456 → one hundred twenty-three point four five six

注1 在其他語言中（如：日語等），1.3 可以說成「1 逗號 3」，但不能因為這樣英文就講成 one comma three。

注2 「小數點」的英文稱作 decimal point，因此上述例子中的 point 也可以寫成 decimal point。
⇒ 85.35 → eighty-five decimal point three five

規則
107　「**X 的 Y 次方**」可使用以下的方式表達。

→〈the 序數 power of X〉[標準標示]
　〈X to the 序數 (power)〉
　〈X to the power of 基數〉
　〈X to the power 基數〉
　注：Y 為 2、3 時，也可使用以下標示方法。
　　X 的平方→ the square of X　X 的 3 次方→ the cube of X

例　　3 的平方 → the second power of three
　　　　　　　[=the square of three]
　　　4 的 3 次方 → the third power of four
　　　　　　　[=the cube of four]
　　　5 的 4 次方 → the fourth power of five
　　　　　　　five to the fourth power
　　　　　　　[=five to the fourth]
　　　　　　　five to the power of four
　　　　　　　[=five to the power four]

規則 108 「X 的 Y 次方根」可使用以下方式表達。

型 〈the 序號 root of X〉[標準標示]
〈X to the 序號 root〉[root 不可省略]
〈X to the root of 基數〉
注：Y 為 2、3 時，也可使用以下標示方法。
X 的 2 次方根（＝平方根）→ the square root of X
X 的 3 次方根（＝立方根）→ the cubic root of X

例句
① Four is the square root of sixteen.
（4 是 16 的平方根）
② Two is the cubic root of eight.
（2 是 8 的立方根）
③ Two is the fourth root of sixteen.
（2 是 16 的 4 次方根）
④ Three is twenty-seven to the third root.
（3 是 27 的 3 次方根）
⑤ Twenty-seven to the root of three is three.
（27 的 3 次方根為 3）

注 「次方」的數值若非數字而是符號的情形，一般會使用 n 作為符號。
⇒ 「X 的 n 次方」＝ the nth power of X [= X to the nth power]
「X 的 n 次方根」＝ the nth root of X [= X to the nth root]

規則 109	在同一個句子中，若一位數與兩位數以上的數字有所關連，則即使只有一位數也不建議使用拼音。

例句

◎ 4 is the square root of 16.

（4 是 16 的平方根）

○ Four is the square root of sixteen.

△ Four is the square root of 16.

※ ↑這個句子雖然是按照句首使用拼音，兩位數使用阿拉伯數字的規則，但由於 4 與 16 相互關聯，因此若只有 4 使用拼音而 16 不使用，這樣的表達方式既不統一也不推薦。另外，若其中一個數字為三位數，則兩者都改為使用阿拉伯數字會比較好。

× 4 is the square root of sixteen.

※ ↑違反句首使用拼音，兩位數使用阿拉伯數字的規則。

注 若兩位數以上的數字與一位數的數字彼此並無關聯，則一位數的數字使用拼寫也是沒有問題的。

⇒ ○ I got to know <u>four</u> Italians when I was 16.

（十六歲時，我認識了四名義大利人。）

參考 4 square meters 與 4 meters square 的不同：

4 square meters 指的是「四平方公尺」（＝ 4m²），為每邊長二公尺的正方形區塊。

另一方面，4 meters square 指的是「四公尺的四方形」（＝也可說成四平方公尺），為長寬各四公尺的區塊（面積為 16 m²）。

⇒ The area of the land 4 <u>meters square</u> is 16 <u>square meters</u>.

（四公尺的四方形土地面積是十六平方公尺）

| 規則 110 | **連續數值開始與結束的兩種標示方法。** |

→形式 1　〈起始數字 (A) ＋連接號 (en dash) ＋結尾數字 (B)〉

　　　　　　※ A、B 為阿拉伯數字。

形式 2　〈(from) ＋起始數字 (P) ＋ to ＋結尾數字 (Q)〉

　　　　　　※ P、Q 的條件 → 一位數：拼字型態

　　　　　　　　　　　　　　　二位數：阿拉伯數字

　　注：正確來說，應該要使用比連字號還要長一些的連接號 (–)，但現實中多以連字號作為代替。（→ 規則 203～205 [pp. 206-207]：參考連接號）

例　　形式 1　3–6（3 ～ 6）

　　　　　　　　1990–2003 （1990 年 ～ 2003 年）

　　　　形式 2　from three to six（從 3 到 6）

　　　　　　　　from 1990 to 2003（從 1990 年到 2003 年）。

注1　英文的連接號（或連字號）等於中文的「～」。

　　　※ 全形的「～」其正式名稱為「波浪符號」（wave dash），在中文中經常會使用到，但無法使用在英文上。

　　　⇒ × 3 ～ 6

　　　※ 英文中有半形的「~」，稱作 tilde 。屬於 diacritical mark 的一種，主要用在鼻音相關的發音上。

注2　形式 1 的型態無法加上 from ，即使使用拼音也不行。

　　　⇒ × from 3–6

× three–six

形式 2 中，from 可以省略，就如中文可以省略「從」相同。

⇒ ○ three <u>to</u> six（3 到 6）

○ 1990 <u>to</u> 2003（1990 年<u>到</u> 2003 年）

數字範圍的標示方法 2　使用 between

規則 111　使用 between 限定數字的範圍。

➡️型➡️ 形式 1　〈between ＋起始數字 (P) and 結尾數字 (Q)〉

※ P、Q 的條件→ 一位數：拼字型態

二位數：阿拉伯數字

例　between three and six（從 3 到 6）

between 1990 and 2003（從 1990 到 2003）

規則
112

拼寫帶有小數點的阿拉伯數字時，有以下兩個規則：

◎規則 1：數字的呈現到小數點後 1 位、2 位是較理想的，小數點後 3 位也沒有問題，但後 4 位以上建議不要使用。

⇒ 例：◎ 3.4 million

◎ 3.45 million

◎ 2.456 million

△ 3.4567 million

◎規則 2：若使用數個拼字型態的數值單位，則數字部分不要使用小數點會比較好。

⇒ 例：△ 87.6543 billion

△ 87 billion 654.3 million

○ 87 billion 654 million 300 thousand

◎ 87.654 billion

※ 盡量不要一次使用好幾個拼字型態較佳。

規則 113　論文等資料中最後的參考文獻，通常會出現許多數字。其數字有一定的書寫規則，會根據學會及學術領域的不同而略有差異。不過，一般常用形式如下：

型→〈作者名＋上圓括弧＋發行年度＋下圓括弧＋逗號＋空格＋上引號＋論文等的標題＋逗號＋下引號＋空格＋期刊名＋空格＋期刊號（或卷數＋號數）＋冒號＋空格（＋pp.）＋論文等的最初頁數＋連接號＋論文等的最終頁數（＋逗號＋空格＋發行地＋冒號＋空格＋出版社）＋句號〉

※ 期刊名使用斜體。

注 1：作者名的寫法一般為〈姓氏全體＋逗號＋空格＋名字的英文縮寫〉

注 2：頁數部分可以使用連字號。

注 3：〈卷數＋號數〉的寫法也能寫成 Vol. 3, No. 2（第三卷第二號）等。

例　Ishii, T (2000), 'A study on the adverbial feature and pronouns,' *Journal of Linguistic and Cultural Studies* 15: 239–63.

譯 → 石井隆之 (2000)〈副詞特性與代名詞相關探討〉《語言文化學會論文集》第十五號，239–63

※ 論文篇名前後會使用單引號；期刊則使用斜體，若無法使用斜體則會使用雙引號。

注　頁數的標示 pp. 可放置在頁數前，如 pp. 239–63。

規則 114 　引用猶太教或基督教等典籍的章（chapter）節（verse）標示方法，如下所示。

型→〈章節名的縮寫＋句號＋空格＋章數＋冒號＋節數〉

※ 引用處不使用頁數標示。

例

Dan. 4:11（但以理書四章十一節）

Gen. 24:3–29:1（創世紀二十四章三節至二十九章一節）

※ Dan. 為 Daniel (= *The Book of Daniel*)、Gen. 為 Genesis (= *The Book of Genesis*) 的縮寫。

規則 115	在法律及條約中，最高位階的章或條使用羅馬數字，低位階的條項則使用阿拉伯數字。

━型→〈單字 A ＋羅馬數字＋逗號＋單字 B ＋阿拉伯數字〉

※ 單字 A 代表最高位階的章或條（整個單字以大寫表示）
　單字 B 代表低位階的單字（單字開頭以大寫表示）

例

① CHAPTER II, Article 9（第二章第九條：日本憲法）

　參考：日本憲法第二章只由第九節構成，因此實質上第二章就等於第九節。

② ARTICLE III, Section 2（第三條第二節：美國憲法）

　※ 日本憲法的章，英文為 Chapter，在這之下再細分成節 Section。

③ ARTICLE VI（第六條：美日安保條約）

　※「美日安保條約」的正式名稱為「美利堅合眾國與日本國之間相互合作與安全保障條約」(Treaty of Mutual Cooperation and Security between Japan and the United States of America [1960.6.23 生效])

　參考：美日安保條約共由十條組成，其中第五條及第六條最為重要。

| 規則 116 | 表示王族、皇帝、教皇或有來歷的家族接班人。 |

型　〈（稱謂）＋ First Name ＋羅馬數字〉

※ 戰爭、船艦、有名的馬匹皆可以使用此種表達形式。

例

① Queen Elizabeth II（女王伊莉莎白二世）

※ II 唸作 the second。

② Pope Benedict XVI（教宗本篤十六世）

※ 本篤十六世為第 265 代羅馬教宗。現在（2019）的羅馬教宗為第 266 代的方濟各（Francis）。

③ Saint Peter（聖彼得）

※ 天主教會的初代教宗。

④ Louis XIV（路易十四）

⑤ World War II（第二次世界大戰）

[=the Second World War]

注　皇家或教宗等用「～世」來稱呼時，一般不會加上「姓氏」（family name）。

焦點1　World War II 唸作 World War Two。

焦點2　達賴喇嘛十四世的正式寫法為 the XIV Dalai Lama [=14th Dalai Lama]。

焦點專欄

⑦ 羅馬數字的標示方法

羅馬數字由 7 種字母構成。

I = 1，V = 5，X = 10，L = 50，C = 100，D = 500，
M = 1000

數字的表達方式有以下規則（P 與 Q 代表羅馬數字）。

規則 1： PQ 並列，而（P > Q）時，表示 P + Q。

規則 2： PQQ 並列時，表示 P + 2 × Q。

規則 3： PQQQ 並列時，表示 P + 3 × Q。

規則 4： PQ 並列，而（P < Q）時，表示 Q – P。

規則 5： PP 並列時，表示 2 × P。

規則 6： PPP 並列時，表示 3 × P。

如上述一般，VI 按照規則 1 表示〈5 + 1〉= 6；IV 按照規則 4 表示〈5 – 1〉= 4。

LVVV 按照規則 3 雖然代表〈50 + 3 × 5〉= 65，但是由於 3 × 5 = 15 能以 XV 表示，因此 65 大多會寫成 LXV。此種使用表示位數字母的寫法，因為較為精簡是比較正式的寫法。

另外，2000 依照規則 5 能寫成 MM；1999 則使用規則 4，首先寫出 IM(→ 1000 – 1 = 999)，之後再加上 M(1000)，寫成 MIM。

如上述 65 這個數字的說明一般，1999 若使用各個位數字母的正式標示方法，則會變成 MCMXCIX。由於這種寫法實在太過於繁瑣，一般而言，都還是偏好字母數較少且寫法簡單的 MIM。

此外，雖然看到 MIM 的 MI 時，下意識會以為是 1001，但為了解釋後面出現的 M，因此可以知道 IM 是一起的，並且適用於規則 4，由此可知 MIM 代表 1999。若因為 MI(1,001) > M(1,000) 就認為適用規則 1，而數值應該是 2,001，這樣是行不通的。在規則 1（及規則 4）中，規定第一個字母只能單獨代表其數值，不能與其他字母合併（除非相同字母重疊）。順帶一提，2,001 這個數值適用於規則 5、規則 1 的順序，會寫成 MMI。

規則 117 使用在條列論文等文獻註解中的例子或項目。

型→ 〈上圓括弧＋小寫羅馬數字＋下圓括弧〉

(i) …

(ii) …

(iii) …

※ 若例子或項目並非在註解處而是在論文本論中，一般會使用圓括弧加阿拉伯數字，如：(1), (2), (3)…等。

數字及單位相關規則 1 　拼字

 規則 118 數字與單位的組合有以下規則：

型→ 規則 1 　使用表示單位的單字（＝單位名詞）時，一位數的數字可以使用拼字來表達。

→〈阿拉伯數字（或拼字）＋空格＋單位名詞〉

規則 2 　使用表示單位的符號（＝單位符號）時，數字必須為阿拉伯數字。

→〈阿拉伯數字＋無空格＋單位符號〉

例 　規則 1 　○ three meters / ○ 3 meters

△ twenty-four meters / ○ 24 meters

規則 2 　○ 3m / △ 3 m [3 與 m 之間要空格]

× three m

○ 24m

規則 119　使用單位符號限定數值範圍時，有以下規則：

規則 1　使用連接號時，省略單位符號。

規則 2　不使用連接號時，不省略單位符號。

※ 不使用連接號時，要使用 to 來表示限定範圍。

※ 連接號的用法，參考法則 203 ～ 205（pp. 206–207）。

例

規則 1　○ 3–13m / × 3m–13m

規則 2　○ 3m to 13m / × 3 to 13m

⑧ 相似橫線的微妙差異

英文中有許多長相相似的橫槓，如：連字號（hyphen）、連接號（en dash）、減號（＝負號）和破折號（em dash）等。讓我們來了解它們的不同吧！

- 3-13（連字號）表示「3 之 13」。
  這是論文等資料中「第三章第十三節」的標記方法。
- 3–13（連接號）表示「3 到 13」。
- 3–13（減號）表示「3 減 13」。
  減號的長度比連接號（en dash）長一些，比破折號（em dash）短。
- 3—13（破折號）代表「3 也就是 13」，用於補充說明。
  破折號本身帶有「換句話說」的含意，因此會產生補充說明的語感。

8 字根字首

Prefixes and Suffixes

表示否定的字首 in 及變化型

> **規則 120** 表示否定的字首 **in** 與單字連接時，有以下的規則：

—型→ 規則 1：以 m, b, p 開頭的單字，in 的 n 要變成 m。

（1）< in + m… → imm… >
（2）< in + b… → imb… >
（3）< in + p… → imp… >

規則 2：以 l 開頭的單字，in 的 n 要變成 l。

< in + l… → ill… >

規則 3：以 r 開頭的單字，in 的 n 要變成 r。

< in + r… → irr… >

規則 4：上述以外，都直接加 in。

例　規則 1

(1)〈in + mature（成熟的）〉→ immature（未成熟的）

(2)〈in + balance（平衡）〉→ imbalance（不平衡）

(3)〈in + patience（耐心）〉→ impatience（無耐心）

規則 2

〈in + logical（邏輯的）〉→ illogical（不合邏輯的）

規則 3

〈in + regular（規則的）〉→ irregular（不規則的）

規則 4

〈in + apt（恰當的）〉→ inapt（不恰當的）

〈in + capable（有能力的）〉→ incapable（無能力的）

注　英文中除了 imbalance（不平衡），也有 unbalance 這個單字（表示失去平衡、[人的]精神失常的意思），並且當作動詞使用（→ 參考規則 124 [p. 141]）。此外，unbalanced 當作形容詞的意思是「不平衡的」。

焦點1　invaluable 並非「沒有價值」，而是「無價的；非常貴重的」的意思。

焦點2　inflammable 並非「不可燃的」，而是「可燃的」的意思。「不可燃的」為 nonflammable。

焦點
專欄

⑨ 否定字首的記憶訣竅

帶有否定意義的字首：

否定字首	意義	例子
UN	不、未	unkind（不友善的）、unused（未使用的）
MIS	錯誤、不當	misuse（誤用）、misconduct（失職）
IN	不	intolerant（不寬容的）、inactive（不活潑的）
DIS	不	discomfort（不適的）、disuse（不使用）
NON	無、未	nonsense（無意義的）、nonage（未成年）
A	無	atheism（無神論）、asexual（無性的）
MAL	壞的	malediction（壞話）、malfunction（故障）
ANTI	反對、對抗	antiwar（反戰的）、anti-U.S.（反美的）
COUNTER	反對、相反	counterattack（反擊）、counterclockwise（逆時鐘方向）[=anticlockwise]

記憶訣竅—以音節分組記憶：UN MIS IN DIS / NON A MAL / ANTI COUNTER

參考 1：immoral（不道德的）、amoral（毫無道德觀念的）

參考 2：unable（無法做）[⇔ able]、inability（無能，無力）[⇔ ability]、disable（使喪失能力）[⇔ enable]

規則 121　否定字首 un 及 in 在連接形容詞時，有以下傾向：

型→ 傾向：一個音節的形容詞與 un 連接，

二個音節以上的形容詞與 in 連接。

注 1：即使是二個音節，但是以 y 結尾的形容詞要與 un 連接。

注 2：二個音節以上，但是以 in 開頭的形容詞要與 un 連接。

例　　kind（親切的）→ unkind（不親切的）

happy（開心的）→ unhappy（難過的）

human（人的）→ inhuman（無人性的）

probable（有可能發生的）→ improbable（不可能發生的）

intelligible（明白易懂的）→ unintelligible（無法理解的）

注　She is not happy. 與 she is unhappy. 是不同的。

由於可以表達 she is not happy but not unhappy.，而句子中的 not happy 包含兩者皆非的情形。

規則
122
二個音節以上的單字連接 **un** 字首時，有以下連接形式：

型→〈un＋獨立單字＋字尾〉

※「獨立單字」指的是本身就作為單字存在的詞彙，但是會因為字尾的不同而產生些許變化。

→ ＜un + ease + y＞ → uneasy

＜un + happy + ly＞ → unhappily

例

① un+earth+ly → unearthly（非塵世的；超自然的）

※ 口語中帶有「時間不合理的早／晚」的意思。

⇒ get up at an unearthly hour

（在一個誇張的時間起床）

② un+finish+ed → unfinished（未完成的）

⇒ The Unfinished Symphony（未完成的交響曲）

[＝舒伯特的第八號交響曲]

③ un+event+ful → uneventful（平平淡淡的）

※ eventful 意思是「充滿大事的；多姿多彩的」。

規則 **123** 否定的字首 **un** 和 **in** 在連接從動詞衍生而來的形容詞時，會有以下傾向。

型 **(a)** 形式 1：連接 **un** 的情形→〈**un** ＋英文動詞本身＋ **able**〉

(b) 形式 2：連接 **in** 的情形→〈**in** ＋拉丁系語幹＋ **aible**〉

例
（a）unbelievable（難以置信的）
　　uneatable（不能吃的）
（b）incredible（難以置信的）
　　inedible（不適合食用的）

注　able 形與 ible 形意思雖然相同，但語感還是略有差異。
　　例如，inedible 為「不可食用」，uneatable 則用於「即便東西是可以食用的，但因腐爛而變得無法吃」，或者也可用於「因為沒有調理，所以無法食用」。
　　⇒ This fish is edible but uneatable now.
　　（這條魚是可以食用的，但現在無法吃。）

否定字首 un ＋動詞

規則
124

將動詞與否定字首 **un** 連結，其動詞會變成相反意思。
此時，否定字首的發音依舊為 **un**，第二個字母 **n** 不影響後面動詞開頭的發音。

型 〈un＋動詞（A）〉→ 意思：「與 A 相反的行為」

| 例 |
untie（解開：「綁」的相反行為）
undress（脫衣：「穿」的相反行為）
unbotton（未扣鈕扣）

參考 uncover 為「揭開（覆蓋物）」、discover 為「發現」、recover 為「恢復」、re-cover 為「重蓋」。

兩個字母以上的字根連接規則

規則
125

規則 1：以 **y** 結尾的單字要去 **y** 改成 **i**。
規則 2：上述以外直接連接字尾。
注：若以 **e** 開頭的字根連接以 **e** 結尾的單字時，要去 **e** 加上字尾。

| 例 |
① beauty（美）＋ ful （很多）
  → beautiful（漂亮的）[y→i]
② drive（開車）＋ er （人）
  → driver（司機）[去除 e]

規則 **126**

規則 1：〈短母音＋子音〉結尾的單字，重複子音後連接字根。
規則 2：以 y 結尾的單字加上 ey。
規則 3：上述以外直接加 y。

例

規則 1：mud + y → muddy（泥濘的）

規則 2：clay + y → clayey（黏土的）

規則 3：sand + y → sandy（含沙的）

參考 樹木的葉子很茂盛是 leafy，枝幹茂盛是 branchy，多根的是 rooty。另外，山上林木茂盛可以使用 woody 來表達。

而山上樹木稀少「光禿禿的山」比起講 bald mountain，bare hill 更為正確。bare tree 則代表沒有葉子、光禿禿的樹。

由於 mountain 也有高山的意思，本身高山上的樹木就比較稀少，因此雖說中文常講光禿禿的山，但實際上英文多用 hill 來表示。

美式英語與英式英語

American and British English

單一字母的字根 y 的連接規則

規則 127	美式英語與英式英語的不同，有以下三點： （a）拼法不同。 （b）單字不同。 （c）文法不同。

例
　　（a）鋁 → [美式] aluminum / [英式] aluminium
　　（b）鐵道 → [美式] railroad / [英式] railway
　　（c）住院中 → [美式] in the hospital / [英式] in hospital

注1 拼法雖然不同，但大多數具有規則性。（規則 128 ～ 134 [pp. 145–150]）

注2 英式英文中的 in the hospital 指的是「在醫院裡」的意思。

參考1 以下為（a）的例子（列舉無規則性的單字）

對…有此必要 [美式] behoove / [英式] behove

支票　　　　[美式] check / [英式] cheque

依賴的　　　[美式] dependent / [英式] dependant

草稿　　　　[美式] draft / [英式] draught　cf. drought（乾旱）

灰色　　　　[美式] gray / [英式] grey

看守所　　　[美式] jail / [英式] gaol（舊稱）

鬍子　　　　[美式] mustache / [英式] moustache

零　　　　　[美式] naught / [英式] nought　（→ 參考規則 106 [p. 119]）

犁	[美式] plow / [英式] plough
睡衣	[美式] pajamas / [英式] pyjamas
懷疑主義	[美式] skepticism / [英式] scepticism
專業	[美式] specialty / [英式] speciality
輪胎	[美式] tire / [英式] tyre

參考2 以下為（b）的例子

電梯	[美式] elevator / [英式] lift
地下鐵	[美式] subway / [英式] underground
地下道	[美式] underpass / [英式] subway
卡車	[美式] truck / [英式] lorry
汽油	[美式] gasoline / [英式] petrol

參考3 以下為（c）的例子

first floor [美式] 一樓 / [英式] 二樓 → 英式比美式高一樓

※ 英式的「一樓」為 ground floor 。

這是五十年來最嚴重的洪災。[介系詞不同]

It was the worst flood in 50 years. [美式]

It was the worst flood for 50 years. [英式]

規則 128	名詞或動詞的字尾型態不同。 （a）形式 1：[美式] → or / [英式] → our （b）形式 2：[美式] → er / [英式] → re （c）形式 3：[美式] → se / [英式] → ce （d）形式 4：[美式] → ize / [英式] → ise （e）形式 5：[美式] → yze / [英式] → yse （f）形式 6：[美式] → og / [英式] → ogue （g）形式 7：[美式] → t / [英式] → tte

例

（a）顏色→ [美式] color / [英式] colour

　　幫助→ [美式] favor / [英式] favour

　　魅力→ [美式] glamor / [英式] glamour

　　名譽→ [美式] honor / [英式] honour

　　幽默→ [美式] humor / [英式] humour

　　勞動→ [美式] labor / [英式] labour

　　勇氣→ [美式] valor / [英式] valour

（b）中心→ [美式] center / [英式] centre

　　纖維→ [美式] fiber / [英式] fibre

　　公尺→ [美式] meter / [英式] metre

　　憂鬱的→ [美式] somber / [英式] sombre

　　幽靈→ [美式] specter / [英式] spectre

　　劇場→ [美式] theater / [英式] theatre

（c）防衛→ [美式] defense / [英式] defence

　　執照→ [美式] license / [英式] licence

　　罪刑、冒犯→ [美式] offence / [英式] offense

　　假裝→ [美式] pretense / [英式] pretence

（d） 記住→ [美式] memorize / [英式] memorise
使歸化→ [美式] naturalize / [英式] naturalise
使國有化→ [美式] nationalize / [英式] nationalise
※ 英式英文不僅使用 ise，同時也使用 ize。

（e） 分析→ [美式] analyze / [英式] analyse
催化→ [美式] catalyze / [英式] catalyse
使麻痺→ [美式] paralyze / [英式] paralyse

（f） 相似物→ [美式] analog / [英式] analogue
型錄→ [美式] catalog / [英式] catalogue
對話→ [美式] dialog / [英式] dialogue
獨白→ [美式] monolog / [英式] catalogue

（g） 香菸→ [美式] cigaret / [英式] cigarette
歐姆蛋→ [美式] omelet / [英式] omelette

參考 美式英文中也經常使用 dialogue、monologue 及 cigarette。

規則 129　英式英文的字尾通常會多一個 **E** 。
[美式] → … / [英式] → …e

例　　斧頭 → [美式] ax / [英式] axe

轟動；狂熱 → [美式] furor / [英式] furore

甘油 → [美式] glycerin / [英式] glycerine

美式英文與英式英文・拼字的不同 3　字尾 L 的重複

規則 130　美式英文中，以 **L** 結尾的動詞，其字尾通常會變成 **LL**。
[美式] → …ll / [英式] → …l

例　　使驚恐 → [美式] appall / [英式] appal

蒸餾 → [美式] distill / [英式] distil

使入會；註冊 → [美式] enroll / [英式] enrol

讚美 → [美式] extoll / [英式] extol

完成；實現 → [美式] fulfill / [英式] fulfil

安裝→ [美式] install / [英式] instal

規則
131
二個音節以上且以 L 結尾的動詞在變化時，美式表達不會重複 L ，而英式表達則會重複。

[美式] → …l… / [英式] → …ll…

※ 重音不會出現在 L 的前一個字母上。

注：不管是英式或是美式英文，若有重音皆會重複子音。

例　　旅行 → [美式] traveling / [英式] travelling

旅行（過去式）→ [美式] traveled / [英式] travelled

遊客→ [美式] traveler / [英式] traveller

美式英文與英式英文・拼字的不同 5　重複子音

規則
132
單一子音是美式用法，二個子音是英式用法。

[美式] → …C… / [英式] → …CC…

※ C = Consonant（子音）

例　　羊毛的→ [美式] woolen / [英式] woollen

節目→ [美式] program / [英式] programme

（使）平靜→ [美式] tranquilize / [英式] tranquillize

※ 英式表達也可寫成 tranquillise。

規則
133

以 E 結尾的動詞在連接字根時，美式用法會省略 E，而英式用法不省略 E。
[美式] → ……　/ [英式] → …e…

例　老化；（酒等）熟成→ [美式] aging / [英式] ageing
　　適合居住的→ [美式] livable / [英式] liveable
　　適於銷售的→ [美式] salable / [英式] saleable
　　相當大的→ [美式] sizable / [英式] sizeable

規則
132

美式單字的拼法相對單純，而英式英文則相對複雜。
（a）形式 1：[美式] ol / [英式] oul
（b）形式 2：[美式] e / [英式] (i) ae 或 (ii) oe

例　（a）　模具→ [美式] mold / [英式] mould
　　　　　腐爛→ [美式] molder / [英式] moulder
　　　　　悶燒→ [美式] smolder / [英式] smoulder
　　（b-i）美學→ [美式] esthetics / [英式] aesthetics
　　　　　貧血→ [美式] anemia / [英式] anaemia
　　　　　麻醉→ [美式] anesthesia / [英式] anaesthesia
　　　　　考古學→ [美式] archeology / [英式] archaeology
　　　　　百科全書→ [美式] encyclopedia /
　　　　　　　　　　[英式] encyclopaedia
　　　　　糞便→ [美式] feces / [英式] faeces
　　　　　婦科（學）→ [美式] gynecology /
　　　　　　　　　　　[英式] gynaecology

血友病→ [美式] hemophelia / [英式] haemophilia

中世紀的→ [美式] medieval / [英式] mediaeval

整形外科（學）→ [美式] orthopedics /
[英式] orthopaedics

古生物學→ [美式] paleontology /
[英式] palaeontology

小兒科→ [美式] pediatrics / [英式] paediatrics

（b-ii）阿米巴原蟲→ [美式] ameba / [英式] amoeba

腹瀉→ [美式] diarrhea / [英式] diarrhoea

食道→ [美式] esophagus / [英式] oesophagus

雌激素→ [美式] estrogen / [英式] oestrogen

胎兒的→ [美式] fetal / [英式] foetal

10 列舉標示

Listing

橫向列舉的方法

> **規則 135** 項目列舉有使用阿拉伯數字及不使用的方法。

型→項目列舉有使用阿拉伯數字及不使用的方法。

（a）形式 1：〈冒號＋ (1) A, (2) B, ⋯ and (x) N〉

（b）形式 2：〈冒號＋ A, B, ⋯ and N〉

※ 使用數字時，建議使用括弧 ( )，寫成 (1), (2), ⋯。

注：(1) 及 (2) 等前後要加上空格。

例句　　（a）The prerequisites that it takes to be a language teacher can be those of: (1) translators, (2) entertainers, (3) astrologers, (4) caretakers, (5) holy persons, (6) enthusiasts, and (7) researchers.

譯：成為語言老師的先決條件，與以下類型的人們所追求的特質相同：（1）譯者、（2）藝人、（3）占星師、（4）管理員、（5）聖人、（6）愛好者（＝熱衷的人）、（7）研究人員。

※ 這邊 (1) ～ (7) 項的開頭字母，結合起來便是 TEACHER。（在列舉項目時，不需要如例子般組成頭字語。）

（b）Tourist guides should act as the following: geographers, universalists, interpreters, diplomats and entertainers.

　　譯：導遊必須扮演以下的角色：地理學家、世界通、口譯員、外交官，以及表演者。

　　※ 各項目的開頭字母，結合起來為 GUIDE。

注1 使用數字列舉的效果較好且清楚。

注2 若不使用 following，就必須使用數字列舉。

　⇒ ✕ The prerequisites that it takes to be a language teacher can be those of: translators, entertainers, ...

　※ of 後面不使用冒號也 OK。

　⇒ ○ The prerequisites that it takes to be a language teacher can be those of translators, entertainers, ...

使用序數橫向列舉的方法

> **規則 136** 使用序數也可以按照以下方式進行列舉：

型→〈冒號＋ first, A ＋分號＋ second, B ＋分號…分號＋ and lastly, N〉

例句 Tourist guides should act as the following: first, geographers; second, universalists; third, interpreters; fourth, diplomats; and lastly, entertainers.

　　譯：導遊必須扮演以下角色：第一是地理學家、第二是世界通、第三是口譯員、第四是外交官，以及最後的表演者。

| 規則 **137** | 建議以以下方式列舉：
（a）形式 1：阿拉伯數字＋句點＋空格
（b）形式 2：項目符號（・）
※ 列舉名詞時，可數名詞要使用複數型態。 |

例

（a）Three important things you should bear in mind are:

　　1. concentration

　　2. continuation

　　3. confidence

　　譯：應該要銘記在心的三件事：

　　1. 專心

　　2. 持續力

　　3. 自信心

（b）Japanese gardens are roughly divided into:

　　・ pond and plant gardens

　　・ dry landscape gardens

　　・ tea gardens

　　譯：日本庭院大致分為：

　　・ 築山庭

　　・ 枯山水

　　・ 茶庭

注1 列舉內容與句子連動時，列舉內容應與句子對齊。

　→ ✕ Three important things you should bear in mind are:

　　1. concentration

　　2. continuation

3. confidence

注2 列舉內容與主要句子連動，並且不是句子的情形，應以小寫
開頭較佳。

→ △ Japanese gardens are roughly divided into:
- Pond and plant gardens
- Dry landscape gardens
- Tea gardens

焦點
專欄

⑩ 橫向列舉的細項規則

※ 橫向列舉的基本書寫方法，可參考規則 135、136（pp.
151–152）。

（1）盡量避免〈阿拉伯數字＋句號〉的形式。

△ ～ as follows: 1. concentration 2. continuation …

（2）不要使用數字拼音。

× ～ as follows: One concentration, Two continuation …

（3）不使用如 ①、②、③ 帶有 ○，以及如 [1]、[2]、[3]
使用 [ ] 的數字符號。

× ～ as follows: ① concentration, ② continuation …

× ～ as follows: [1] concentration, [2] continuation …

（4）除了縱向列舉以外，皆不能使用符號來列舉。例如：
項目符號、星號、井字號（以下指的是數字的井字
號，而不是音樂的升號）等。

× ～ as follows: ·concentration, ·continuation …

× ～ as follows: *concentration, *continuation …

× ～ as follows: #concentration, #continuation …

焦點專欄

⑪ 縱向列舉的細部規則

※ 縱向列舉的基本書寫方法，可參考規則 137（pp. 153–154）。

（1）若使用數字加（ ），盡量不使用條列式。

  △ （1）pond and plant gardens

   （2）dry landscape gardens

   （3）tea gardens

  ※ 如規則 135（p. 151），此方法若是使用在橫向列舉就沒有問題。

（2）除項目符號以外，盡量不要使用其他符號。

  △ *pond and plant gardens

   *dry landscape gardens

   *tea gardens

（3）盡量不要使用序數。

  △ First, pond and plant gardens

   Second, dry landscape gardens

   Third, tea gardens

（4）盡量不要數字拼寫。

  △ One, pond and plant gardens

   Two, dry landscape gardens

   Three, tea gardens

（5）阿拉伯數字與序數不能併用。

  × 1. first, pond and plant gardens

   2. second, dry landscape gardens

   3. third, tea gardens

11 縮排

Indent

段落的寫法

> **規則 138**
>
> **有以下兩種方式：**
> （a）形式 1：開頭縮排五格。
> （b）形式 2：不縮排，但段落間空格一行。
> ※ 形式 2 稱為「齊頭式」。
> 注：**E-mail** 文書不使用縮排，而是使用（**b**）形式，在兩個段落間加入空行。

例句　（a）

　　　　"Shushinkoyo" can be translated to mean a lifetime employment system. Under this system, employees are expected to work until the mandatory retirement, which is around 60 years of age these days.

　　　　Due to the demographic trend of a rapidly aging society, some companies have raised the retirement age limit to 65.

（b）

"Shushinkoyo" can be translated to mean a lifetime employment system. Under this system, employees are expected to work until the mandatory retirement, which is around 60 years of age these days.
〈空一行〉

Due to the demographic trend of a rapidly aging society,

some companies have raised the retirement age limit to 65.

（a）（b）的譯文：

「Shushinkoyo」可翻譯成終生僱用制度。在此制度下，員工被預期工作到法定退休年齡約為六十歲左右。

由於快速高齡化社會的人口趨勢，有些公司甚至將退休年齡提升至六十五歲。

連續會話的表達方式

規則 139	列舉會話時，若說話者改變就要縮排五個空格。

例句

John ran across Bill, whom he often goes fishing with, and their conversation was something like:

"Hi."

"Howdy?"

"Going?"

"Been!"

"Any?"

"Some."

"Big?"

"Small."

譯：約翰偶遇他常常一起釣魚的朋友比爾時，他們的談話就像：

「嗨！」「你好！」「出發？」「去了！」「如何？」「有一些」「大嗎？」「很小。」

注 例句中〈專有名詞＋逗號＋ whom〉為正確的用法。近年來，在不使用逗號的限制用法中，普遍使用 who 來代替 whom（關係代名詞 who 的受格）。

⇒ ○ I know the guy who John often goes fishing with.
（我知道經常與約翰去釣魚的那個男人是誰。）

△ I know the guy whom....

引用句的表達方式

> **規則 140**
>
> # 引用三行以上的句子（文章）時，左右兩側皆要如下縮排：
>
> 左側→ 向右縮排五空格左右。
> 右側→ 向左縮排五空格左右。
> ※ 根據不同情形，只縮排三格也可以。
> 注：除了引用句最後一行的右側之外，其他所有行的左右側皆要對齊。

例句

What the teacher of Japanese culture often tells me is as follows:

> One of the most important things that you have to bear in mind when you want to communicate enjoyably with foreigners coming to Japan is having some interesting pieces of information about Japanese culture.

譯：日本文化的老師經常告訴我的是：

　　　　　其中一項你必須謹記在心的是，當你想要和來
　　　　　到日本的外國人盡情暢談時，總是帶著一些關
　　　　　於日本文化有趣的資訊。

注1 英文中引用段落的第一行不需要再內縮空格。此外，引用句
（文章）及原本的句子之間可以空一行。若使用空行，則引
用內容結束後，在進入下一個句子之前，中間必須再次以空
行來隔開。

也就是說，以下例子所做的縮排是不需要的。

△ What the teacher of Japanese culture often tells me is as
　follows:

　　　　　　One of the most important things that
　　　　you have to bear in mind when you want to
　　　　communicate enjoyably....

注2 引用內容盡量不要過長且不宜跨頁。

⑫ 齊頭式與縮排式

商用書信的寫法有四種。

（1）全齊頭式（美式）

> 所有內容皆向左對齊書寫，段落也採用齊頭式。
>
> 日期
>
> 地址
>
> 收件人
>
> 信件名稱
>
> 信件本文
>
> 結尾敬詞
>
> 簽名
>
> 寄件人
>
> 職稱

（2）齊頭式（美式‧英式）

> 信件名稱擺中央，日期、結尾敬語、簽名、發信人、職稱靠右對齊。其他皆靠左對齊。
>
> ※ 結尾敬語＝Sincerely, Truthfully 等

（3）折衷式

> 以（2）為基本形式，但每個段落開頭要內縮五格。

（4）縮排式（不建議）

> 以（3）為基本形式，但段落間不空行。

注 1：商用書信以（1）及（2）為典型的書寫形式。

注 2：電子郵件一般以（1）齊頭式書寫。

第 **2** 章

標點的使用規則與例子

在這一章中，將舉出標點符號的相關規則及實際例子，全部共十二節。網羅各項標點的使用規則及細部內容。

1. 句號
2. 逗號
3. 分號
4. 冒號
5. 破折／連接號
6. 問號
7. 驚嘆號
8. 引號
9. 圓括號
10. 方括號
11. 斜線
12. 項目符號

1 句號

Period

表示句子的結束

規則 141 句號原則上加在句子的結尾處。

例句
① Mary has a couple of things she enjoys doing on
weekends.
[直述句‧肯定句]
（瑪麗亞有許多在週末喜歡做的事）

② Jack is not a manager of the securities firm.
[直述句‧否定句]
（傑克並非那家證券公司的經理）

③ Please feel free to ask any questions.
[命令句]
（歡迎詢問任何問題）

注 句號用來結束句子，因此無法加在使用問號（？）或驚嘆號
（！）的句子上。

規則 142　句號加在縮寫的後方。

例

① Friday → Fri.（星期五）

② October → Oct.（十月）

③ et cetera → etc.（等）

④ ante meridiem → a.m.（上午）

注1　頭字語（由各開頭字母組成的單字）後面不加句號。

⇒ ✕ TPP. / ○ TPP

※ TPP = Trans-Pacific Partnership Agreement（跨太平洋夥伴全面協定）

注2　以縮寫結尾的句子，不重複使用句號。

（→參考焦點專欄 (13) [pp. 164–165]）

⇒ ○ I want to travel all over the U.K.（我想要周遊整個英國）

✕ I want to travel all over the U.K..

⑬ 省略句號及變更的規則

（1）以引號結尾的直述句會省略句號。

→ She said to me, "I am happy." [引號內為直述句]

（她對我說：「我很幸福。」）

She said to me, "Are you happy?" [引號內為疑問句]

（她對我說：「你幸福嗎？」）

She said to me, "How happy he is!" [引號內為感嘆句]

（她對我說：「他真幸福！」）

（2）句子並非以引號結尾，並且持續連接其他句子時，若
引號內的句子原先是以句號結尾，則要將句號改成逗
號。

→ ○ "I am happy," said she. [✕ "I am happy." said she.]

（她說道：「我很幸福。」）

（3）句子並非以引號結尾，並且持續連接其他句子時，若
引號內為疑問句或感嘆句，則直接使用問號及或驚嘆
號即可，不用改成逗號。

→ "Are you happy?" said she.

（她問道：「你幸福嗎？」）

✕ "Are you happy?," said she.

✕ "Are you happy," said she. [以逗號代替問號]

（4）帶有引號的句子整體如果是疑問句，引號內的句號就
要省略。另外，引號內如果是問號，則要拿到引號之
外，不可放在引號內。

→ Did she say to you, "I am happy"?

　　　　　（她有跟你說過：「我很幸福」嗎？）

　　　✕ Did she say to you, "I am happy?"

（5）帶有引號的句子整體如果是疑問句，並且引號內為疑
　　　問句或感嘆句時，其問號及驚嘆號不省略。

　　　→ Did she say to you, "Are you happy?"?

　　　　　（她有問過你：「你幸福嗎？」）

　　　✕ Did she say to you, "Are you happy"?

規則 143　句號使用在姓名的開頭字母後。

例　John Fitzgerald Kennedy
　→ John F. Kennedy / J. F. Kennedy / J. Kennedy
　※ 上述的例子也可以寫成 J. Kennedy ，但是這並不是
　John Fitzgerald Kennedy 的正確縮寫方法。

注1　全部省略時，不加句號。
　⇒ John Fitzgerald Kennedy → JFK

注2　不全部省略時，除了上述例子的縮寫之外，不能使用其他縮
　寫形式。也就是說，縮寫不能隨意變更。
　⇒ × John F. K. / × J. Fitzgerald K.
　× John Fitzgerald K. / × John F.
　× J. Fitzgerald Kennedy / × John K.

表示小數點

規則 144　使用句號表示小數點

例　3.14
　※ 唸成 three point one four 。

注　小數點的中文唸做「點」，然而英文唸做「point」。此外，
　若是數字只有到小數點後兩位，在發音時，除了一個個數字
　單獨發音外，也可以當作兩位數的數字一起發音。
　⇒ 3.14 (three point fourteen)

規則
145
句號用於分隔貨幣的基本單位與下位單位。

例　　$36.67

　　　　※ 唸成 thirty-six <u>point</u> sixty-seven dollars 或 thirty-six dollars (and) sixty- seven cents 。

注1　口語中不會唸出下位單位。（上述例子為 cent）

　　　⇒ $36.67 → thirty-six dollars <u>sixty-seven</u>

　　　※ 口語中不只 cents，一般就如同 thirty-six point sixty-seven 一樣，連 dollars 都不太使用。

注2　連接上位單位的數值若只有一位數，表示其單位（上述例子為 dollars）的發音也可以省略。

　　　⇒ $2.59 → <u>two</u> fifty-nine

使用於電子郵件及網址

規則
146
句號用於電子郵件及 URL 中。

例　　① englight36@socio.kindai.ac.jp

　　　　[電子郵件的例子]

　　　② https://interpreterguide.net

　　　　[URL 的例子]

　　　※ 上述為作者大學時期的電子信箱（=①）以及作者是團體代表時的組織網址（=②）。

注　句號使用在電子郵件及網址時，唸做 dot。

參考　URL 是 uniform resource locator 的簡稱。

規則
147　**使用三個句號，表示句子內容的省略。**

→型→　〈 句號 ＋ SP ＋句號＋ SP ＋句號＋ SP 〉

　　※ SP = 空格

例句　　She is fun to be with. . . but I would like to go alone.

　　（與她在一起雖然很有趣…，但是我想要獨自前往）

　　※ 句子中 with 以下，暗示著某些持續發生的事情。

規則
148　**使用四個句號，省略句尾的內容。**

→型→　〈 規則 147 的型態＋句號 〉

例句　　She is fun to be with but. . . .

　　（與她在一起很有趣，但是…）[省略後續句子]

規則
149　**句尾使用三個句號，用來表現漸弱（trail off）效果。**

━型➔ 〈句號＋ SP ＋句號＋ SP ＋句號〉

　　※「漸弱效果」是指延長餘韻的效果，用於不想清楚表達內容，以及引導讀者就某方面思考時使用。

例句　She is fun to be with but. . .

　　（與她在一起很有趣，但是…）[表達某種情感]

複數句號的使用方法 4　發言中斷

規則
150　**使用三個句號，表達發言中斷。**

━型➔ 〈句號＋ SP ＋句號＋ SP ＋句號〉

例句　She is fun to be with and. . . (interrupted by Ann)

　　（與她在一起很有趣，並且… [被安打斷了談話]）

　　※ 話説到一半只講到 and ，就被安打斷了。

注　以下呈現方式，其意義與例句不同：

　　"She is fun to be with," interrupted Ann.

　　（「與她在一起很有趣」安插嘴說道）

⑭ 省略符號的句號使用方式

（1）句號間必須插入空格，但是第一個句號前不加空格。

→ ✕ She is fun to be with ... but I would like to go alone.

△ She is fun to be with . . . but I would like to go alone.

○ She is fun to be with. . . but I would like to go alone.

（2）引號內的句子，只能省略中間內容。

→ ✕ He said sadly, ". . . The plan got the ax."

（他悲傷地說：「…這個計畫被中止了」）

✕ He said sadly, "The plan got the ax. . ."

（他悲傷地說：「這個計畫被中止了…」）

○ He said sadly, "The plan. . . the ax."

（他悲傷地說：「這個計畫…中止了」）

（3）省略符號的前後，不能只有一個單字。

→ ✕ She. . . alone.

○ She said. . . go alone.

（4）省略符號不能使用在其他的用途，如：無法用於定義
或縮寫的解釋等。

→ ✕ perpendicular. . . at right angles to a given line or
plane

（垂直＝線或面呈現 90 度角）

✕ ISBN. . . International Standard Book Number

（ISBN 為 International Standard Book Number 的縮
寫）

2 逗號
Comma

並列三個及以上的相同詞性

規則 **151** 使用逗號，並列三個以上的相同詞類。

例句 Jill majored in economics, biology and medicine.
（吉兒主修經濟學、生物學及醫學）
The manager will stay at Hyatt, Four Seasons or The Ritz-Carlton.
（那名經理將會留宿於凱悅、四季或麗思卡爾頓酒店）

注 若不在 and 或 or 前加上逗號，其意義會有所不同，會變成非單純並列的情形。

→（a）I ate a slice of dry toast, ham and eggs, and yogurt for breakfast.
（我早餐吃了一片乾吐司、火腿蛋以及優格。）

（b）I ate a slice of dry toast, yogurt, and ham and eggs for breakfast.

※上述（a）（b）中，第三個項目前都必須加上逗號。其目的是為了清楚表達，在數個項目中，and 的那一個才是最後的項目。

規則 152　使用逗號分開修飾句子的副詞及句子本身。

型 （a）形式 1：〈副詞＋逗號＋句子〉
（b）形式 2：〈句子＋逗號＋副詞〉

例句　（a）Surprisingly, Tim got married.
（令人驚訝的，提姆竟然結婚了）

（b）Honestly, I can't believe it.
（說真的，我無法置信）

（c）Hopefully, I will be able to meet the deadline.
（希望我能在期限內完成）

注　副詞也可以接在句尾（如上述形式 2），但一般都加在句首。

⇒ Tim got married, surprisingly.

比較　分辨以下句子的不同：

（a）Sam didn't die happily.（Sam 鬱鬱寡歡地死了）

（b）Sam didn't die, happily.（令人高興的是 Sam 沒有死）

※　（a）的 happily 是情狀副詞；（b）的 happily 為句子副詞，修飾 Sam didn't die 的句子全體。

規則 153	在形容詞的限定用法中，並列兩個以上同類型的形容詞時，各形容詞之間要打上逗號。

例句 | Jack is an intelligent, moderate businessperson.

（傑克是個聰明又穩重的商人）

比較 分辨以下句子的不同：

（a）Karen is a pretty intelligent secretary.

（凱倫是個十分聰慧的秘書）

（b）Karen is a pretty, intelligent secretary.

（凱倫是個漂亮、聰慧的秘書）

※ pretty 和 intelligent 是同類型的主觀「評價形容詞」，在沒有逗號的情形，pretty 會變成副詞而非形容詞。

注 若形容詞的種類不同，可以不使用逗號。但使用副詞 pretty 時，若沒有逗號，句子的涵義會有些模糊。

Kate is a pretty tall woman.

（a）凱特是位漂亮又高挑的女性。[pretty 為形容詞]

（b）凱特是位十分高挑的女性。[pretty 為副詞]

規則 154

副詞詞組或副詞子句在句首時，詞組及子句後要接逗號。

例句　To pass the entrance exam, **everybody studied hard.**

（為了通過入學考試，大家都勤奮地念書）

注　若副詞詞組或子句在句尾，就不需要連接逗號。

Everybody studied hard <u>to pass the entrance exam</u>.

獨立分詞構句、獨立不定詞及逗號

規則 155

獨立分詞構句、獨立不定詞後要連接逗號。

例句　① Speaking of Tom, **what has become of his sister?**

（說道湯姆，他妹妹的情況如何？）

② To begin with, **write a proposal.**

（首先，先寫個提案）

※ ① 是獨立分詞構句、② 則是獨立不定詞的例子。

規則 156　連接副詞後要加上逗號。

例句　① However, your boss will not support your proposal.
（然而，你的主管應該不會支持你的提案）

② Therefore, I have to fix my brother's bike.
（所以，我必須修理我弟弟的腳踏車）

注1　連接詞沒有以下這種用法。

⇒ ✕ But, your boss will not support your proposal.

注2　therefore 用在句首或句中，however 與 nevertheless 用在句首、句中及句尾。基本上，不論在哪個位置，都需要連接逗號。

⇒ ○ Your boss will not support your proposal, however.

✕ I have to fix my brother's bike, therefore.

⇒ ○ Your boss, however, will not support your proposal.

✕ Your boss however will not support your proposal.

焦點 1：在句中使用連接副詞時，前後都需要加上逗號。

✕ Your boss however, will not support your proposal.

✕ Your boss, however will not support your proposal.

焦點 2：否定詞後無法使用逗號是基本原則。

○ Your boss will, however, not support your proposal.

✕ Your boss will not, however, support your proposal.

✕ Your boss will not support, however, your proposal.

注3　連接副詞不同於連接詞，不可連接兩個句子。

✕ It may be difficult however I will try.

✕ It may be difficult, however I will try.

（雖然很困難，但我會嘗試挑戰）

○ It may be difficult but I will try.

○ It may be difficult, but I will try.

※ 若以連接副詞連接兩個句子時，句子型態會變成〈句子 1
　＋分號＋連接副詞＋逗號＋句子 2〉。（→參考規則 177
　[p. 189]）

⇒ It may be difficult; however, I will try.

稱呼與逗號

規則 157 稱呼後要加上逗號。

例句
　① Jim, would you do me a favor?
　　（吉姆，可以請你幫忙嗎?）
　② Movers and shakers, it's my great honor to be invited
　　to this party.
　　（各位政界及產業巨頭，大家好！本人備感榮幸受邀
　　前來這次的宴會）
　※ movers and shakers 是指「（政界或實業界）有影響
　　力的人」的意思。

注　如例 ② 使用 and 連接的例子，經常使用的有 Ladies and
gentlemen （各位先生小姐）、Boys and girls （各位男孩女
孩們）等。而稱呼男士女士為 Men and women，這個稱呼可
以避免與「女士優先」（=Ladies first）這個詞彙混淆。

規則
158　**使用同位結構時，要加上逗號。**

型→〈A ＋逗號（ ＋ or ）＋ B〉[A 也就是 B]

注：句子以 B 結尾時連接句號，但若之後持續連接句子時，則 B 後要連接逗號。

例句

① Donald Trump, President of the United States, delivered his inaugural address.

（美國總統唐納‧川普發表就任演說）

② *Okonomiyaki,* or Japanese pancake, is one of my favorite dishes.

（大阪燒也就是日式鬆餅，是我最喜歡的料理之一。）

※pancake 後的逗號不可省略。

× *Okonomiyaki,* or Japanese pancake is one of. . . .

比較　分辨以下句子的不同：

（a）I like tangerines or other similar kinds of fruit.

（我喜歡橘子或其他類似的水果。）

（b）I like tangerines, or other similar kinds of fruit.

（我喜歡橘子，也就是其他類似的水果）

※（b）使用表示同位結構的逗號。從文脈中可以得知，首先有個水果相關的話題，並且在敘述喜歡「橘子」這類似的水果。

⇒ He likes oranges but I like tangerines, or other similar kinds of fruit.

（他喜歡甜橙，不過我喜歡橘子，或是其他類似的水果）

規則 159　使用逗號表示插入用法。將逗號加在插入的單字、詞組或子句的前後。

型→〈逗號＋ A（單字・詞組・子句）＋逗號〉

例句　Smoking in public spaces, although there are some exceptions, is prohibited.

（在公共場所吸菸，雖然有例外，但這是被禁止的）

省略的方法

規則 160　使用逗號表示省略的用法。
（a）作為 and 的省略用法。
（b）在相同動詞的句子結構中，作為第二個句子的動詞省略用法。

型→（a）〈第一個句子＋ and ＋第二個句子〉→〈第一個句子，第二個句子〉

（b）〈S1 V O1 and S2 V O2〉→〈S1 V O1 and S2, O2〉

※ 逗號加在第二個句子的動詞位置上。

例句　（a）My elderly brother <u>passed</u> the exam, my younger brother didn't.

（我哥哥通過考試了，但弟弟沒有）

（b）Joe loves Cathy and Bill, Ann.

（喬愛凱西，而比爾愛安）

※ loves 是共同的動詞，因此這邊置換成逗號。

焦點1 若狀況清楚且不會產生混淆，則可以省略逗號。

→ ○ John drinks Scotch and Mary bourbon.

焦點2 若句子型態為「A, B and C」，則意義不同。

⇒ Joe loves Cathy, Bill and Ann.

（喬喜愛凱西、比爾和安）

引用句與逗號

規則 161 **引用句前面要使用逗號。**

例句 Peter Drucker says, "The best way to predict your future is to create it."

（彼得・杜拉克曾說：「預測未來最棒的方法，就是創造它。」）

附加疑問句與逗號

規則 162 **附加疑問句前面要使用逗號。**

例句 Let's wrap up the party, shall we?

（讓我們結束這場派對，好嗎？）

非限定用法的關係詞與逗號

規則 163 **非限定用法的關係詞前面要使用逗號。**

例句 I met Ken, who had made a wonderful speech there.

（我遇到在那邊進行精彩演說的肯）

規則 164	**分詞構句前或後要使用逗號。**

─型→ （a）形式 1：〈分詞構句＋逗號＋主要句子〉

（b）形式 2 ：〈主要句子＋逗號＋分詞構句〉

例句　（a）Written in easy English, this book is suitable for beginners.

（這本書以簡單易懂的英文書寫，很適合初學者）

（b）Chris appeared suddenly, wearing his gaudy jacket.

（克里斯穿著花俏的夾克突然現身）

補充年齡與逗號

規則 165	**在姓名之後補充年齡時，年齡前後都要使用逗號。**

─型→ 〈逗號＋年齡（阿拉伯數字）＋逗號〉

例句　Kim, 2, suddenly cried.

（二歲的金突然哭了起來）

注　作為補充資訊以逗號連接的年齡要使用阿拉伯數字。

⇒ ✕ Kim, two, suddenly cried.

> **規則 166**　書寫英文姓名時，若在姓氏後連接名字，兩者之間要加上逗號。

━型➜〈姓氏＋逗號＋空格＋名字〉

例　　① Ishii, Takayuki（石井隆之）

補充行政區與逗號

> **規則 167**　補充鄉鎮市等行政區時，行政區前要使用逗號。

例　　MIT locates in Cambridge, MA.

（MIT 坐落於麻薩諸塞州劍橋市）

※ locate 是美式用法，有「由（店家或公司等）構成」的意思。

這句話也可改成 MIT is located in Cambridge, MA.。

規則 168	使用逗號讓時間或地址等更加容易閱讀。

例　Date: Monday, January 23, 1:00 p.m.
（時間：1 月 23 日星期一，下午一點）
1-2-34566, Fujisan, Kofu, Yamanashi, 400-0000 Japan
（〒 400-0000 山梨縣甲府市富士山 1-2-34566）

注1　日本地址中的幾番地，直接按照順序書寫即可。

注2　可以使用 Chome 來表示幾丁目。

注3　「市」一般會省略，但若想寫出來，日本地址中的「市」一般會寫成 -shi。
　　　○ Kofu / Kofu-shi
　　　△ Kofu City
　　　✕ Kofu city

注4　不使用郵遞區號的符號（〒）。

得分標示與逗號

規則 169	逗號用於表示比賽得分。

型→〈隊伍名等 (A) ＋得分（阿拉伯數字 P）＋逗號＋隊伍名 (B) ＋得分（阿拉伯數字 Q）〉
（A 隊 P 分，B 隊 Q 分）

例　Giants 5, Mariners 2
（巨人隊 5 分，馬林魚 2 分）

方便閱讀數字

每隔三位數使用逗號隔開數字，以利閱讀。

例 $123,456

（123,456 美元）

注1   地址、房間號碼、ID、頁數、年代等數字，即便超過四位數也不使用逗號區隔。

注2   論文中也有四位數不打逗號區隔的例外。例如：語言學系的論文中，例句編號順序大多為 (1), (2), …，然而 (999) 的下一個順序並不是 (1,000)，而是寫成 (1000)。

信件、電子郵件的稱謂語或結尾敬詞與逗號

規則
171

信件、電子郵件中的稱謂語或結尾敬詞後要連接逗號。

例   Dear Mr. Obama,（歐巴馬先生，您好！）
Sincerely yours,（真摯的祝福）

注   手寫信件的結尾敬語有 Sincerely, Yours sincerely, Faithfully yours, Yours faithfully, Yours truly, Very truly yours, Love, 等。結語敬語後面使用逗號，不使用句號。
而電子郵件的結尾敬詞有 Sincerely yours,（[formal] 用於客戶）、Best regards, ，還有其他如 Kind/Warm Regards, 或較為簡單的 Regards,（[less formal] 用於上司、同事）、All the best,（[informal] 用於同事、部下）等。

規則
172 **當主詞較長時，為了使句子容易理解，會在主詞後加上逗號。**

→型→ 〈長主詞＋逗號＋動詞詞組〉

例句   One of the Japanese traditions in which young people respect the elderly and use honorifics properly, **is now disappearing.**

（年輕人為了表示對長者的敬意，而使用敬語的其中一項日本傳統，如今正在式微中。）

| 規則 173 | 將逗號加在對等連接詞前，用來表示特殊意義。 |

（a）形式 1：〈命令句＋逗號＋ or ~ 〉
　　　　　　[去做…，不然的話～]
（b）形式 2：〈命令句＋逗號＋ and ~ 〉
　　　　　　[去做…，這樣的話～]
（c）形式 3：〈句子＋逗號＋副詞～〉
　　　　　　[…，並且～]

例句

（a）Study hard, or you will not pass the exam.
　　　（努力讀書！否則，你是不會通過考試的。）

（b）Study hard, and you will pass the exam.
　　　（努力讀書！這樣的話，你會通過考試的。）

（c）I had to go, and quickly.
　　　（我必須走了！並且要趕快走。）

規則 174　將逗號加在從屬連接詞前，用來表示特殊意義。特別是理由子句的 **because** 前面。

例句　The president will be absent from work today, because his wife called.

（那位社長今天應該會休假，因為他太太剛剛來電。）

注　〈A, because B〉中的 B 為說明 A 的理由，但並非 A 的直接原因。

比較　分辨以下的不同：

（a）He was drunk because he drank a lot. [原因子句]

（他醉了，因為他喝了很多。）

（b）He was drunk, because he was staggering. [理由子句]

（他醉了，因為他搖搖晃晃的。）

※ drank a lot 是 drunk 的原因，但 was staggering 並非 drunk 的原因。

焦點　理由子句不會強調句子的焦點。

○ It was because he drank a lot that he was drunk.

✕ It was because he was staggering that he was drunk.

規則 175 逗號使用於特殊連接詞的前（後）

（a）連接詞表達只有一個單字時，逗號打前面。
（b）連接詞表達有兩個以上的單字時，前後都要加上逗號。

例句

（a）I like Japanese paintings, especially *Ukiyoe*.
（我喜歡日本的繪畫，特別是浮世繪。）

（b）1 We are only humans, that is to say, we don't always think with our head.
（我們只是人，也就是説，我們並不總是透過大腦思考）
※ 這句話在暗示「人類不只有理性，還有感性」。

（b）2 Improving the image of a company, for example, is one of the most important things necessary for its development.
（例如，提升公司形象是對其發展必要的其中一項重要事項）

3 分號

Semicolon

強調兩個句子的關係

> 規則
> **176**
> 分號連接兩個獨立句子，並強調彼此的關
> 係。
> ※ 分號後的句子使用小寫開頭。

例句 Some people write with a computer; others write with a pen or pencil.

（有些人使用電腦書寫；有些人使用原字筆或鉛筆書寫）

注 句子二者間的關係有以下六種類型。上述為「對比」的例子。

理由、原因、手段、說明、對比、議論發展。

參考 上述例子使用逗號也可以寫出相同意義的句子。

Some people write with a computer, others writing with a pen or a pencil.

（逗號＋分詞構句）

Some people write with a computer, others with a pen or a pencil.

（逗號＋省略共同動詞 writing 的分詞構句結構）

Some people write with a computer and others, with a pen or pencil.

（共同部分 [＝動詞] 的省略構句）

規則 **177** 使用副詞連接兩個句子時，分號置於連接副詞前。

〈句子 1 ＋分號＋連接副詞（＋逗號）＋句子 2〉

例句 She is beautiful; besides, she is intelligent.
（她很美麗，除此之外，還很聰明。）

注 以上結構 [分號＋連接副詞＋句子] 重複兩次時，第二個分號後要加上對等連接詞（and 等）。

⇒ He is handsome; moreover, he is clever; and furthermore, he is fabulously rich.
（他很帥氣也很聰明，此外還非常的富有）

焦點專欄

⑮ 分號的空格及擺放位置的規則

（1）空格插入於分號後，並非分號前。

→ ✕ I love cats ;the reason is not simple.

✕ I love cats ; the reason is not simple.

○ I love cats; the reason is not simple.
（我非常喜歡貓，其原因不單純。）

（2）分號加在引號的外側。

→ ✕ She said to him, "I hate you;" in fact she didn't want to say so.
（她對他說：「我討厭你！」，但其實她並不想這麼說）

| 規則 178 | 在逗號多的句子之後，想再導入其他句子時，要使用分號。 |

例句　Apartheid, a racial segregation system, which means separation in Afrikaans, was abolished in 1991; but discrimination still exists.

（Apartheid 是種族隔離制度，在南非語中是分開的意思，在 1991 年廢止，但歧視至今仍舊存在。）

注　分開的兩個句子也能直接以 But 開頭，但這邊比起單純的反向轉折，話題轉換的意味更加濃厚。

列舉、逗號與分號

| 規則 179 | 列舉的單字或詞組有三個以上且帶有逗號的情形，在各個項目之間要以分號做區隔。 |

例句　Universities can be divided into three classifications: *Kokkoritsu*, or public schools; *Shiritsu*, or private schools; and *Gaikokudaigaku*, or foreign schools.

（大學可以分成三類型：Kokkuritsu 也就是國立大學；Shiritsu 也就是私立大學；以及 Gaikokudaigaku 也就是海外的大學）

4 冒號

Colon

具體例子的表達方法 1　冒號後直接列舉

規則 180　冒號用於具體例子的列舉

例句

① Jason was so hungry that he ate anything he could find in the kitchen: frozen pizza, emergency food and coffee beans.

（傑森太餓了，所以他吃了所有能在廚房找到的任何東西，如：冷凍披薩、緊急食品以及咖啡豆）

② There are three prerequisites for professionals: knowledge, skills and philosophy.

（想成為專業人士有三個必要條件：知識、技術和哲學）

注1 各列舉項目以逗號區隔，並在最後的項目前加上 and。

注2 冒號後以小寫連接，但連接句子、標語、專有名詞等時，則以大寫開頭。另一方面，分號之後即便連接句子，基本上都以小寫開頭。比較：（a）冒號（b）分號的使用。

（a）I have a proverb I make my motto: Persistence pays off.

（我有一個作為我的座右銘的諺語：「努力不懈，必得所償」）

（b）I have a proverb I make my motto; everyone likes one.

（我有一個作為我的座右銘的諺語，是大家都喜歡的諺語）

規則
181

冒號加在使用 **follow** 的詞語表達之後。
（a）as follows 之後
（b）使用 **following** 的表達之後

例句　（a）The point is as follows: We need to clarify our goal.

（重點如下：我們必須使我們的目標更加明確）

（b）He made the following remark to graduates: "You can do anything, but not everything."

（他對畢業生說了以下的話：「你能做任何事情，但不是每件事情。」）

※ 這句話的意思是「若集中在一件事上，什麼都能做到；若一次想做所有事，則無法做到。」

引用的方法　say 的使用

規則
182

say 之後連接修飾表達，並且在導入引用句時，要使用冒號。

例句　He said to himself: "Expectation is the root of all headaches."

（他對自己說：「期待是所有煩惱的根源」）

注　與 say 類似的動詞之後皆可使用冒號。

The data analyst re-verified: The data was inputted without any mistakes.

（那位數據分析師再次確認說：「數據輸入沒有任何錯誤」）

規則 183 冒號用於說明前述句子的摘要。

例句 What the president wants to say is this: Change before you have to.

（董事長想表達的是這個：在你需要改變前就要改變）

增加摘要

be 動詞與冒號

規則 184 冒號加在 be 動詞後，用來帶入想陳述的內容。

例句 My assertion is: I will not let you down.

（我的主張是：我不會讓你失望）

規則 **185** 冒號用於強調或清楚表達理由等補充說明的附加內容。

例句

① One student from my faculty has been nominated for the speaker at this year's presentation contest: me. [強調]

（我學系中的一位學生已經被選為今年演講比賽的講者，那就是我）

② She will not believe his story: He often tells a lie. [補充說明]

（她不會相信他的話，因為他經常說謊）

③ I cannot believe his story: Not a soul could be seen in the park. [內容補充的方法]

（我無法相信他所說的「公園裡一個人都沒有」這件事）

※ 冒號以下為 story 的內容。特別是無法相信的部分，大多會以冒號導出後續的句子（這邊是 not a soul）。

規則 186　冒號用於時間標示。

例句　The annual meeting will begin at 9:30 a.m.
（年度會議將在上午 9:30 開始）

注1　a.m. 為拉丁語的 ante meridiem (= before noon) 的縮寫。寫法
　　有四種：a.m., am, A.M. 以及 AM 。句中普遍習慣使用小寫。
　　（→參考規則 77 [p. 89]）

注2　一般普遍使用 a.m. / p.m. 的 12 小時標示方法。15 點等的 24
　　小時標示方法，則是軍隊或警察等特殊職業人士比較常使
　　用。

注3　冒號後不加空格。
　　⇒ ✕ 9: 30 a.m.

注4　數字與 a.m. / p.m. 之間，要加入空格。
　　⇒ ✕ 9:30p.m.

競技比賽的時間記錄標示

規則 187　冒號用於競技比賽的時間記錄標示。

例句　Fukushi, Japan's female athlete, won the race in
　　2:22:17.
　　（日本女子運動選手—福士以 2:22:17 的紀錄贏得比
　　賽。）

> 規則
> **188**　聖經的章節以冒號區隔。

型→〈聖經內的書名＋章（阿拉伯數字 X）＋冒號＋節（阿拉伯數字 Y）〉
　　～書 X 章 Y 節

例　　John 3:16（約翰福音三章十六節）
　　　※ 聖經中的章為 chapter，節為 verse 而不是 section。

表示會話中的說話者

> 規則
> **189**　冒號加在會話中代表說話者的姓名或符號之後。

例句　　（教科書中的會話）
　　　A: How was your holiday?（你假期過得如何？）
　　　B: It couldn't be better.（再好不過了！）
　　　※ B 的直譯是「沒有比這個（＝假期）更好的事物了」，因此可以採用句子的意義翻譯成上述句子。

注　表示說話者的符號與冒號間不用空格，然而冒號與會話之間則要加上空格。

規則 190	冒號用於電子郵件中的信件名稱等標示。

To: 收件人
From: 寄件人
Subject: 信件主旨
Date: 寄件日期

例

To: All employees（全公司員工）

From: Human Resources Department（人事部）

Subject: ID Renewal（ID 更新）

Date: December 10, 2019（2019 年 12 月 10 日）

注 To 或 From 等可以使用大寫，寫成 TO 或 FROM，但需要全部統一。

規則
191
冒號用於商業書信的開頭。
（a）用於指定收件人 (attention line)。
（b）用於稱呼語 (salutation)。

型→（a）〈**Attention＋冒號＋空格＋收件人**〉
（b）〈**Ladies and gentlemen**〉

例　　（a）Attention: Mr. Jack Welch, Vice-president
（傑克・韋爾奇副總）
（b）Ladies and gentlemen:（女士先生）

表示單字詞組的定義

規則
192
冒號用於表示單字詞組的定義。

型→〈**要定義的單字＋冒號＋空格＋定義**〉

例　　Yakitori: Bite-sized marinated piece of chicken on skewers
（串燒：將一口大小、醃漬的雞肉塊串起來的雞肉串）

注　要定義的單字與定義皆以大寫開頭，並且定義一般不加句號。使用別的語言來定義單字時（這邊的例子是以英文來定義日文單字），若這個單字不用在句子中間，就不需要變換成斜體。
△ *Yakitori*: Bite-sized. . . .

規則 193　冒號用於解釋圖表。

型→〈表示圖表的單字＋數值＋冒號＋空格＋解說〉

例　　① Figure 1: Net Sale of Motorbikes in Japan
　　　　（圖 1：日本的摩托車銷貨淨額）
　　　② Table 1: Average Precipitation
　　　　（表 1：平均降雨量）

單位的表示

規則 194　冒號用於解釋單位。

型→〈UNIT＋冒號＋空格＋表示單位的數量〉

例　　Unit: Thousand people（單位：千人）
　　　※ 解釋單位時，會省略冠詞。

表示比例

規則 195　冒號用於表示數學中的比率。

例　　5:3（5 比 3）
　　　※ 讀法為 five to three

注　英文句子中不會使用冒號來表示比例，而是會寫成 They won the game by a score of 5 to 3.。

規則
196 冒號用於報章中的標題，用來表示內容的說話者。

例　Our organization is on the high road to success:

Takayuki Ishii

（我們的組織正走在成功的道路上—石井隆之）

縱折 | I
11
句號 | •
1
逗號 | ,
2
分號 | ;
3
冒號 | :
4
破折號 | —
5
問號 | ?
6
驚嘆號 | !
7
引號 | " "
8
插入語 | ( )
9

5 破折號／連接號

Dash

在句子中插入資訊

規則 197 使用破折號（**em dash**）在句子中插入其他資訊。

※ 破折號的長度比連接號（**en dash**）長，一般講的 **dash** 指的是連接號。

例句

That popular Congressperson made a strange assertion—which, ironically, went viral on social media very quickly—the day after the government enacted the law.

（在政府頒布實施那條法律的隔天，那位知名的國會議員就發表了不可思議的言論，並很諷刺地迅速在社群媒體上爆紅。）

※ Congressperson 為美式用法，為了避免 sexism（性別歧視 [主義]）就會使用這個單字。其他類似的還有 chairman 寫成 chairperson、mailman 寫成 mail carrier、milkman 寫成 milk deliverer 等。

注1 破折號與單字間不插入空格較佳。

注2 破折號的功能與插入逗號相同。不過，若插入的句子中包含逗號的情形，就必須使用破折號。（如上述例子）

注3 破折號與連字號不同，因此不能只使用一個連字號來代替，不過能使用兩個連字號來取代。使用兩個連字號時，其單字與連接號之間不會加空格。

✕ . . . assertion-which. . . very quickly-the day. . . .

○ . . . assertion--which. . . very quickly--the day. . . .

✕ . . . assertion -- which. . . very quickly -- the day. . . .

參考 利用鍵盤輸入破折號的方法：

Windows 的輸入方法為 [2014] + [Alt] + [X]；Mac 為 [shift] + [option] + [-]。也就是說，使用 Windows 的介面時，首先輸入 [2014]，在同時按下 [Alt] + [X] 便會出現破折號。

注4 將破折號改成逗號，在文法上有的這樣的情況（＝前一頁的例句），不過比起使用逗號插入補充資訊，使用破折號插入會更符合文法。因此，如以下例子將破折號改為逗號，有些情形是行不通的。

○ Her new dress—she seems to have bought it yesterday—cost as much as 250,000 yen, I hear.

（她的新洋裝，似乎是昨天買的。我聽說總共花了 250,000 日圓）

✕ Her new dress, she seems to have bought it yesterday, cost as much as 250,000 yen, I hear.

○ Her new dress, which she seems to have bought yesterday, cost as much as 250,000 yen, I hear.

※ 在上述例子 [Her new dress. . . .的最初句子] 中，前後雖然使用破折號將獨立的句子分隔出來，但是其獨立的句子不能以大寫開頭。

⇒ ✕ Her new dress—She seems to have bought it yesterday—cost as much as 250,000 yen, I hear.

規則
198

破折號用在為了強調而重複前面的表達，或提升表達程度的時候。

例句 Employees are happy with the new CEO—and so, more importantly, is he.

（員工們非常滿意新的 CEO 執行長，更最重要的是，因為 CEO 是他！）

突然轉變說話內容

規則
199

使用破折號表示突然轉變說話的內容。

例句 We are to meet in Shibuya—or is it Shinjuku?

（我們約在澀谷見面。什麼！是新宿嗎？）

注4 以破折號導入的獨立句子，其句子不會以大寫開頭也不加句號。

⇒ ✕ We are to meet in Shibuya—Or is it Shinjuku?

規則 200　破折號用於表達嘆氣、口吃等說話中斷的情形。

例句　I mean, the manager is mean—

（我想說的是，那個經理很刻薄…）

注　以破折號結尾的句子不會加上句號。

表示不確定的資訊

規則 201　破折號用來表示不清楚姓名或數字等的後續資訊。

例句　Martin Luther King, Jr. was born in 192—.

（馬丁・路德・金恩生於 1920 年代的某一年。）

注　使用破折號結尾的句子一般不用加上句號，但是這邊的使用方式需要連接句號。因為破折號在這裡並不是代表句子的完結，而是指不清楚的資訊。也就是說，破折號是單字的一部份。

參考　Jr. 的後方不需要逗號。因為 Martin Luther King, Jr. 是一個專有名詞，因此 Jr. 並不是補充資訊。若是如下面這個例子屬於補充資訊的情形，前後就必須使用逗號。

⇒ Martin Luther King, Jr., 34, made a famous speech.

（三十四歲的馬丁・路德・金恩發表了著名的演說）

※ 三十四歲為補充資訊，因此前後需要使用逗號。

焦點　也有人將 Martin Luther King, Jr. 寫成 Martin Luther King Jr.。

規則 202 破折號用在隱晦地表達不雅詞彙

例句 D— and blast him.（該死的他！）

※ D—指的是 Damn。

注 damned 可以寫成 d—d。damned 作為副詞使用時，帶有加強語氣的意思。

→ Damned right!（你真是對極了！）

> **規則 203**　使用連接號（en dash），表示數字範圍。

型→〈基數 [A]＋連接號＋基數 [B]〉（從 A 到 B）

例句　1–100（從 1 到 100）

注　在論文等文獻中，描述刊登於學術期刊的第幾頁至第幾頁時，也可以使用代替連接號的「連字號（hyphen）」
⇒ 125-136（第 125 頁至第 136 頁）
※ 可以省略共同部分的數字。
⇒ ○ 125-36

參考　利用鍵盤輸入連接號的方法：
Windows 的輸入方法為 [2013] + [Alt] + [X]；Mac 為 [option] + [-]。也就是說，使用 Windows 的介面時，首先輸入 [2013] 在同時按下 [Alt] + [X] 便會出現連接號。

連接號的用法 2　連接有關係的兩個單字或數值

> **規則 204**　使用連接號對比兩個有關係的單字或數值。表示對立、連結或得分差距等。

型→〈單字＋連接號＋單字〉

例　Bose–Einstein condensation
（玻色－愛因斯坦凝態）[表示兩者的關係]
the Israeli–Palestinian conflict
（以色列－巴勒斯坦的衝突）[對立]

③ the father–son bond（父子情誼）[連結]

④ Japan vs. China: 2–1（日本對中國：2–1）[得分差距]

注 Lennard-Jones potential（蘭納－瓊斯勢）這個單字，因為 Lennard Jones 為人名，並且並非表達關係性的兩個不同事物，因此使用連字號連接。然而，以「玻色－愛因斯坦凝態」為例，玻色與愛因斯坦為兩個不同事物（玻色為原子、愛因斯坦為人名），因此這邊會使用連接號。

連接號的用法 3　表示交通運輸的起訖點

規則 205	使用連接號，表示出發與抵達的目的地。多用於航班、火車、公車等的起訖標示。

型→ 〈出發地 [A]＋連接號＋抵達地 [B]〉

例句 London–Paris（倫敦到巴黎 [的班次]）

6 問號

Question Mark

表示疑問句

 規則 206 疑問句後面連接問號。

| 例句 | Where **are you from**?（你來自哪裡？）

注1 句尾與問號之間不會有空格。

⇒ ✕ Where are you from ?

注2 子句中的間接疑問句不加問號。

Tell me whether you come or not.

（告訴我，你是否能來）

I asked him what he had bought.

（我問他買了什麼）

注3 在論文或文章中，有只以間接疑問句當作標題的情形，即使在這種情況下，間接疑問句後還是不加句號。

⇒ How Parents Should Tackle Bullying Problems

（父母應該如何處理霸凌問題）

規則 **207**

問號使用於內容中帶有疑問意味的直述句句尾。

例句　You may want to know how it is going?
（你也許會想知道事情變得如何？）

不完整句子的疑問化

規則 **208**

即便句子不完整，若有疑問詞就要加上問號。

例句　① With whom?（和誰一起？）
② Where to?（去哪？）

運用關係子句的疑問句

規則 **209**

使用關係詞導出想從對方身上得到的內容時，不完整的關係子句後要加上問號。

例句　"The unique technique employed in the layout of a Japanese garden is *Shakkei*."
"Which literally means?"
譯文：「日式庭園採用獨特的設計手法，那就是借景。」
「就字面上，是什麼意思呢？」

直述句中的疑問句

規則 210 即便是直述句，若句子中帶有疑問句型態的句子時，這個句子之後要加問號。

例句   Why did he sell the factory in Texas? is a good question.

（為什麼他賣了德州的工廠是個好問題。）

注1   一般而言，在直述句中加入疑問詞，就會變成疑問句。

注2   上述例子中，主詞若改為與直述句相同語序的間接疑問句，就不需要疑問詞。

⇒ ✕ Why he sold the factory in Texas? is a good question.

句子中代表疑問點的疑問詞

規則 211 即使句子型態為直述句，但在疑問處中加入疑問詞就要使用問號。

例句   He went to see the movie with whom?

（他和誰一起去看電影呢？）

Mary met who, when and where?

（瑪莉與誰在何時、何地見了面？）

注1   句子 ① 建議可寫成以下常見的疑問句。

⇒ ○ With whom did he go to see the movie? [✕ With who did he. . . ?]

◎ Who did he go to see the movie with?

※ 只要不直接與 with 連接，便可使用 who。

注2   若跟句子 ② 一樣屬於多重 WH 句（＝有兩個以上疑問詞的疑問句）的情形，疑問詞盡量不要變動位置較佳。若如以下

疑問句進行倒裝，則會變成不合文法的句子。

⇒ ✕ What did who buy yesterday?

○ Who bought what yesterday?（昨天誰買了什麼？）

參考 中文的疑問句也帶有如句子 2 的結構。也就是說，中文的疑問詞不會隨意移動，因此能使用多重疑問句。

⇒ ◎ 誰在何時、何地做了什麼？

以直述句作為疑問句的方法

規則
212
在直述句的句尾加上問號，便可成為疑問句。

例句 ① She is an ophthalmologist?（她是眼科醫生嗎？）

② He is not an archaeologist?（他不是考古學家嗎？）

注 中文在句尾通常要加上「嗎」或「呢」，才會形成疑問句，不過有時候也能直接在句子後加上「？」作為疑問句。

⇒ She is pretty?

○ 她很漂亮？

規則
213

使用問號表示不確定的單字或數字。對講者而言，歷史上不明確的事物加上問號，會帶有不確定性。

→**型**→ ＜不確定的表達＋上括弧＋問號＋下括弧＞

※ 表示不確定的數字時，不使用括弧。

例句　May I talk to Dennis(?) Williams?

（我可以和丹尼斯？威廉先生說話嗎？）

John Fitzgerald Kennedy (1918?–1963) was a great politician.

（約翰・費茲傑拉爾德・甘迺迪 [1918?~1963] 是個偉大的政治家。）

※ 約翰・甘迺迪實際的出生年為 1917 年。

7 驚嘆號

Exclamation Mark

感嘆句的表達

規則
214　**感嘆句後連接驚嘆號。**

例句　① What a lovely day it is!（多麼美好的一天！）

　　　② How clever he is!（他真是聰明！）

注1　句尾與驚嘆號之間不空格。

　　　⇒ ✕ What a lovely day it is !

注2　感嘆句置於句尾且作為句子的一部份時，不打驚嘆號。

　　　⇒ ○ The supervisor recognized <u>how lucky he was</u>.

　　　（那名管理者理解到他是多麼的幸運。）

　　　※ 上述句子（The supervisor. . . .）的句尾若加上驚嘆號，表
　　　　示強調整體句子的意思。

祈使句的表達

規則
215　祈使句後連接驚嘆號。

例句　May the Queen live long!（祝女王益壽延年！）

※ 也可以說成 Long live the queen!。

注　祈使句是較生硬的表達，口語中多使用如 I hope you will succeed! 並且連接驚嘆號的用法。

表示感嘆詞（的表達）

規則
216　在感嘆詞或感嘆表達後連接驚嘆號。

例句　① Oh my God!（我的天啊！）

② Oh!（喔！）

③ John!（約翰！）

強調狀聲詞

規則
217　驚嘆號用於強調狀聲詞。

例句　① Splash! The bear jumped into the river.

（撲通！那頭熊跳入了河裡）

② Kaboom!（砰!）

參考　例 ② 表示爆破音，其他還可以使用 baboom、barroom、brroom 等單字。

強調命令句

<table>
<tr><td>規則
218</td><td>驚嘆號用於強調命令句。</td></tr>
</table>

例句
① Stop it!（停下！）
② Shut up!（閉嘴！）

表示鼓舞的表達

<table>
<tr><td>規則
219</td><td>驚嘆號用於表示鼓舞等的表達。</td></tr>
</table>

例句
① Cheers!（乾杯！）
② Good luck with your exam!（祝你考試順利！）

強調否定表達

<table>
<tr><td>規則
220</td><td>驚嘆號用於強調帶有否定意味的表達。</td></tr>
</table>

例句
① No way!（不會吧！）
② No kidding!（別開玩笑了！）

規則
221

對於生氣或表示反感的疑問句，使用驚嘆號來代替問號。

例句　How come!（怎麼會，為什麼！）

帶有特殊情感的疑問句

規則
222

驚嘆號用於連接帶有特殊情感的問句。

型→〈句子＋問句＋驚嘆號〉

例句　Why didn't you accept the offer from Google?!
（你為什麼不接受 Google 的錄用？！）

注　順序不能寫成 !?
⇒ ✕ Why didn't you accept the offer from Google!?

帶有強烈情感的直述句

規則
223

使用兩個驚嘆號，連接帶有強烈情感的直述句。

型→〈句子＋驚嘆號＋驚嘆號〉

例句　I saw Bill walking with a young lady!!
（我看到比爾與一位年輕女子同行！！）

規則 **224**　驚嘆號用於表示想強調的詞語。

型 → 〈空格＋上括弧＋空格＋驚嘆號＋空格＋下括弧＋空格〉

例句　I got a 15 percent (!) pay raise.
（我加了 15 % 的薪水）
※ 加薪一般的英文表達為 get a raise（[美式]加薪），不過在描述加薪比例時，比起 get a 15 percent raise，更多時候會使用 get a 15 percent pay raise。

注　驚嘆號與括弧間要插入空格，此外在括弧前後也加上空格較佳。
⇒ △ I got a 15 percent (!) pay raise.
　　× I got a 15 percent(!) pay raise.

參考　「加薪」的英式表達為 rise，美式口語表達則為 pay hike。

廣告、宣傳的強調

規則 **225**　驚嘆號用於廣告及宣傳的強調。

例句　Sale!（促銷！）
Winter Bargain!（冬季特賣會！）

8 引號

Quotation Marks

表示引用內容

> **規則 226** 引號用於表示引用內容。

例句 Someone once put it, "Life consists not in holding good cards but in playing those you hold well."

（有人說過：「人生不在於手握一副好牌，而是打好你手上的牌。」）

注1 主要句子為直述句時，應省略該直述句的句號，並以引用句最後的符號為優先。

⇒ ✕ Someone once put it, "Life consists not in holding good cards but in playing those you hold well.".

○ She said to me, "What did you do yesterday?"

（她對我說：「你昨天做了什麼？」）

注2 主要句子為直述句以外的情形，應省略引用句的句號。

⇒ ✕ Did you say to him, "I am against your idea."?

（你有跟他說：「我反對你的想法」嗎？）

○ Did you say to him, "I am against your idea"?

注3 引號後持續連接內容且引用句為直述句時，其句號要改成逗號。而直述句以外的情形，則不用加逗號。

⇒ ○ I said to him, "I agree with you," but you spoke to the contrary.

[with you 之後要接逗號]

（我跟他說了：「我同意你的想法」，但你卻說了相反的話。）

　　×I said to him, "Did you agree with me?," but. . . .

　　※問號後不需要逗號。

注4 冒號與分號加在引號外。

注5 引用句與引號間不插入空格，以問號等符號結尾時也相同。

　　⇒ ×" Do you agree with me? "

注6 引用句較長且包含數個段落時，中間的引用段落開頭不用再次加上引號 ("），該段落結尾也不用使用下引號 (")，下引號只需加在最後的引用段落即可。不過，像論文等以縮排獨立較長的引用內容時，就不需要使用引號。

表示對某人的評論

| 規則 227 | 引號用於表示對某人的評論。 |

例句　Ronald Reagan was known as the "great communicator."

（隆納・雷根以「偉大的溝通者」而廣為人知）

表示公告或訊息

| 規則 228 | 引號用於表示公告或訊息。 |

例句　He found the "Confidential" sign on the file cabinet.

（他在檔案櫃上發現了「機密」的字眼）

規則 229 引號用於表示詞語的定義。

例句 The word apiculture means "bee keeping."
（「養蜂」這個單字代表養殖蜜蜂的意思）

注 要解釋定義的詞語使用斜體，而定義的前後使用引號。

表示要定義的詞語

規則 230 引號用於表示要定義的詞語。

例句 A "xenophobia" means fear of foreigners.
（「仇外心理」指的是對外國人的恐懼。）

注 說明外來語或外國詞彙時，比起使用引號，建議使用斜體較佳。
⇒ *Status quo* is a Latin word. （status quo 為拉丁詞語）

規則 **231**

引號用於強調詞語。

例句 She is a "selfless" humanitarian.

（她是個「無私的」人道主義者）

注 其他還可以使用斜體及大寫來強調詞語。

○ She is a *selfless* humanitarian.

○ She is a SELFLESS humanitarian. [強調意味較強]

標明疑問處

規則 **232**

引號用來標明疑問處。

例句 Columbus "discovered" America in 1492.

（哥倫布於 1492 年「發現」美洲大陸）

※ 這個例句表示「這個句子的筆者對於『哥倫布發現美洲大陸』抱有疑問」。除了原住民早就先一步發現此處之外，實際上，1492 年哥倫布抵達的地點並非美洲大陸，而是聖薩爾瓦多島。

規則
233　引號用於提示幽默、諷刺的表達。

例句　He is a "full-fledged" pilot, although he shaved his head.
（他雖然剃了頭，但還是個「訓練有素（羽翼豐滿）」
的飛行員）

注　使用引號標注幽默表達。full-fledged 指的是「羽翼豐滿、成
熟」的意思，這邊由「羽翼豐滿、成熟」延伸意指其「訓練
有素、發展完全」。

表示論文、報章、節目等的標題

規則
234　引號用於表示論文、短篇作品、報章雜誌
中的文章、詩、樂曲、廣播或電視節目等
的標題。

例句　The TV program entitled "Urban Legend" has gained
popularity among the young generation.
（電視節目「都市傳說」在年輕世代間很受歡迎）

注1　標題的開頭即使是冠詞或介系詞也要大寫。
注2　介系詞出現在標題的結尾時，也要使用大寫。

表示演講或證道標題

規則 235 引號用於表示演講或證道的標題。

例句 Martin Luther King, Jr. made a speech entitled "I Have a Dream."
（馬丁・路德・金恩發表了〈我有一個夢〉的演說）

表示綽號或藝名等

規則 236 引號用於表示綽號或藝名等。

例句 Hillary "Flattery" refrained from chatting.
（愛拍馬屁的希拉蕊緘默不語）

注 若是非常有名的情形，則不限於上述的標示方法。能以下方式表達：〈姓名＋ the ＋綽號〉
⇒ Richard the Lionheart（獅新王理查一世）

規則 237　引號可作為「同上」意義的符號使用。

例

9:00 a.m. Economics 101

10:30 a.m. ”　　　”　　　”

1:00 p.m. Business Management 201

2:30 p.m. ”　　　”　　　”

譯文：上午九點　　　　　經濟學 101

　　　上午十點三十分　　同上

　　　下午一點　　　　　企業管理 201

　　　下午兩點三十分　　同上

※ 上述例子為大學課堂及教室名稱的課表。不過以上這種標示方法已逐漸沒在使用。

注1　引號間要空五格。

注2　同上符號稱作 ditto mark，引號中的「”」也可以叫作 ditto mark。「”」能用於表格或列表中，但是在正式文書中，會使用 same above。

注3　可以使用 ditto 作為引號的代替。

　　⇒ 9:00 a.m. Economics 101

　　　10:30 a.m.　　ditto

規則 238　引用句中含有其他引用句時，其他引用句使用單引號（**single quotes**）。此外，一般的引號稱為雙引號（**double quotes**）。

例句　His paper was entitled "The Usage of the Expression 'Likewise.'"

（他的論文命名為「『Likewise』的表達用法」）

注1　英文的型態為 " … ' … ' … " ；中文的型態則是使用「…『…』…」。

注2　以上述例子為例，使用兩個引號的句子中，若單引號與雙引號在句尾連續使用時，句號要加在單引號內。

9 圓括號

Parentheses

補充資訊 1 關係性的提示

規則 239 使用圓括號補充資訊。

例句 When Liz visited San Jose, Ken (brother-in-law) welcomed her visit.

（當莉茲拜訪聖荷西時，肯[姊夫]非常歡迎她的到來）

注1 圓括號與括號外的其他英文表達之間要插入空格。

⇒ ✕ Ken(brother-in-law)

注2 圓括號與括號內的英文表達之間不插入空格。

⇒ ✕ Ken (brother-in-law)

補充資訊 2 數值的提示

規則 240 使用圓括號對某事物補充數值資訊。

例句 the newly released DVD ($35)

（最新發表的 DVD [35 美金]）

注 $ 與數字之間不空格。

⑯ 使用圓括號補充句子的規則

（1）在句中補充句子時，句子以小寫開頭並且不加句號。
此外，逗號不加在圓括號內。

〇 He is a man of his word (some may disagree), so I trust
him.

譯：他是個守信的人（有些人可能不同意），所以我
信任他。

✕ He is a man of his word (Some may disagree), so. . . .

✕ He is a man of his word (some may disagree.), so. . . .

✕ He is a man of his word (some may disagree,) so. . . .

（2）在句尾補充句子時，句子以大寫開頭並且加句號，同
時，句號要加在圓括號內。

〇 She is a woman of high caliber. (Many rely on her.)

譯：她是個非常有能力的人。（很多人都依賴她）

✕ She is a woman of high caliber. (many rely on her.)

✕ She is a woman of high caliber. (Many rely on her)

✕ She is a woman of high caliber. (Many rely on her).

（3）在句尾補充句子時，圓括號盡量不要加在主要句子最
後的句號前。若加在最後的句號前，則圓括號內的句
子不加句號。

△ She is a woman of high caliber (Many rely on her).

✕ She is a woman of high caliber (Many rely on her.).

逗排 I

11

句號 。

1

逗號 ，

2

分號 ；

3

冒號 ：

4

破折號 ─

5

問號 ?

6

驚嘆號 !

7

引號 " "

8

圓括號 ( )

9

（4）以圓括號補充詞語說明時，必須加在主要句子的句號前。

　　○ I am majoring in ichthyology (study of fish).

　　譯：我主修魚類學（魚類研究）。

　　✕ I am majoring in ichthyology. (study of fish)

（5）以圓括號補充關於句子的指示時，建議加在該句子的句號前較佳。

　　◎ Regarding this fact, we found an interesting phenomenon (Fig. 5).

　　譯：關於這項事實，我們發現一個有趣的現象（圖5）。

　　○ Regarding this fact, we found an interesting phenomenon. (Fig. 5)

補充資訊 3　表示電話區號

規則 241　圓括號用於補充電話區號。

例　　(03)3333-3333

規則 242　圓括號用於表示書或論文的出版年份、電影或戲劇的上映年份等。

例　Chomsky (1970)

（喬姆斯基 1970 年的論文）

※ Chomsky 的正式姓名為 Avram Noam Chomsky，是美國的語言學家、哲學家、邏輯學家。

表示電影或戲劇演出人員的姓名

規則 243　圓括號用於表示電影或戲劇演出人員的姓名。

例　James Bond (Sean Connery)

（詹姆士‧龐德[史恩‧康納萊飾]）

※ 指「Sean Connery 飾演主角 James Bond」的意思。

焦點　表示飾演主角的演員時，在（　）內加入演員名稱，是最常見的用法。

⇒ ✕ Sean Connery (James Bond)

表示所屬或出生地

規則 244　圓括號用於表示議員等的所屬或出生地等資訊。

例　John F. Kennedy (D-Mass.)

※ D 是指 Democratic Party（民主黨），Mass. 則是 Massachusetts。

| 規則 245 | 圓括號用於表示人物的生卒年或在職期間。 |

例　　Christopher Columbus (1451–1506)

（克里斯多福・哥倫布 [生於 1451 年，卒於 1506 年]）

注1　可省略共通部分。

⇒ (1451–506)

(1981–89)

注2　不清楚年代時，可以使用「大約」circa 的縮寫 c. 或 ca.，並加在年代前。

⇒Vasco da Gama (c. 1460–1524)

（瓦斯科・達伽馬 [生於 1460 年左右，卒於 1524 年]）

表示運動選手等的成績

| 規則 246 | 圓括號用於表示運動選手等的成績。 |

例　　Masahiro Tanaka (13–2)（田中將大 13 勝 2 敗）

表示照片內的位置

規則
247

圓括號用於表示照片內的人物位置。

例句 The author (left) is picking up the coffee beans.
（作者 [左] 正在撿咖啡豆）

表示圖、表格的編號或參考頁數

規則
248

使用圓括號表示應參考的圖、表格編號或參考頁數。
※ 圖（**Figure**）、表格（**Table**）、圖表（**Chart**）的字頭要大寫。

例句 ① ROI has been improved steadily (Figure 1).
（ROI 穩定改善 [圖 1]）
※ ROI 為 return on investment 的縮寫，為「投資報酬率」（投資金額在一定期間內賺取的經濟回報）
② Approximately 60% of our communication consists of non-verbal language. (See page 78.)
（我們的溝通有接近 60% 是由非語言所構成的 [請看第 78 頁]）

注1 圖或表格的編號與主要句子最後的單字或表達，由於緊密度較低，因此也可以擺放在主要句子的句號之後。但是如焦點專欄（16）中的（5）[參考 p. 228] 所述，建議還是放在主要句子的句號前較佳。

⇒ ◎ The price has been skyrocketing (Table 23).
（價格不斷飛漲 [表 23]）
○ The price has been skyrocketing. (Table 23)

注2 若以句子來表示參考頁數時，圓括號加在主要句子的句號之後。若要加在主要句子的句號之前，則圓括號內的句號要省略。

⇒ ○ Approximately 60% of our communication consists of nonverbal language (See page 78).

× Approximately 60% of our communication consists of nonverbal language (See page 78.).

※ 若參考頁數指的不只是括號前面的句子內容，而是跟整個段落有關，則 See page 78 不加在主要句子的句號內。換句話說，圓括號如果加在主要句子的句號內，代表參考頁數只與該句子有關。

參考頁數與整個段落有關時，標示方法如下。

⇒ . . . consists of non-verbal language. (See page 78.) [＝例句 ②]

規則 249	使用圓括號補充以句子呈現作者的個人評論。

※ 為意見的補充，並非資訊的補充。

例句

The vice-president suggests that our office relocate to Tokyo. (This is his idea, not mine.)

（副總裁提議將辦公室移到東京 [這是他的意見，不是我的]）

破壞邏輯流暢度的句子應對

規則 250	在可能破壞文章邏輯連接的句子前後加上圓括號。

例

In Japan, kissing may not be acceptable in public. (Generally speaking, this may often happen among young couples.) However, in the West, it is not such a big deal.

（在公共場合接吻，在日本較無法被社會大眾接受。[一般而言，這通常發生在年輕情侶身上。] 不過，在西方卻是稀鬆平常的事。）

※ 加上圓括號的第二個句子，對第一個句子來說是補充說明，但對第三的句子而言，卻沒有邏輯關係。其證據就是，將圓括號拿掉號後，整個句子會變得不流暢。尤其是第二句與第三句之間，無法用 However 來連接。

規則 251	圓括號用於表示其他語言的翻譯，或相近意思的表達。

例　*Cogito ergo sum.* (I think; therefore, I am.)
（我思故我在）

注　原語言非英文時，要使用斜體。

高難度詞彙的定義提示

規則 252	圓括號用於表示高難度的詞彙定義。

例　ergonomics (human engineering)
（人體工學）

簡單易懂的單位表示

規則 253	將度量衡或氣溫等轉換成讀者容易理解的單位時，使用圓括號表示。

例　1 mi. (approx. 1.6 km)
（1 英里、約 1.6 公里）

注1　公尺為基本單位，因此不加句號直接使用 m 即可。
km 等經常使用的單位，也同樣不加句號直接使用即可。

注2　數字與單位之間，建議留有空格較佳。
⇒ △ 1.6km

注3 單位符號要與阿拉伯數字一同使用。若將單位拼寫出來時，可以使用數字的拼音，但盡量不要拼寫超過 11 以上的數字。拼寫的數值越大，其表達型態就越差。

⇒ × three mi. （3 英里）

○ three miles

○ 3 miles

△ eleven miles （11 英里）

○ 11 miles

× three thousand five hundred forty-seven miles （3,547 英里）

注4 單位符號無法單獨使用，不過以拼字型態便可以單獨使用。

⇒ × How far is the village from here in mi.?

（從這裡到那個村莊距離幾英里呢？）

○ How far is the village from here in miles?

注5 單位符號的拼字型態，即使包含字首（前綴），也不能使用連字號分開單字。

⇒ × kilo-meter

○ kilometer

注6 若將單位符號當形容詞用時，數字的後面要加上連字號，並且單位符號後的複數要改成單數。

⇒ × 25 mile path

○ 25-mile path （25 英里的小徑）

× 25-miles path

規則 **254** 使用圓括號添加度量衡單位符號的拼寫。

※ 其目的是為了表示單位符號帶有何種意義。

例

The newly invented battery-powered vehicle can travel at 120 mph (miles per hour).

（新開發的電動車能夠以時速 120 英里行駛）

注 可以寫成 120 mph 或 120 m.p.h 。

標示其他貨幣的金額

規則 **255** 使用圓括弧標示其他貨幣的金額

例

100 dollars (11,000 yen)

（100 美元 [11,000 日圓]）

注 使用拼字型態的貨幣單位時，貨幣單位加在數值之後，並且兩者中間需要插入空格。

○ $100

× dollars 100

× 100dollars ［數值與單位間沒有空格］

× (11,600yen) ［( )內也同樣沒有空格］

規則
256
圓括號用於法律文書中，將拼字型態的數字資訊轉換成阿拉伯數字。

例   Five Thousand Five Hundred Dollars and Fifty Cents
($5,500.50)

表示縮寫的正式名稱

規則
257
關於組織或團體的縮寫，使用圓括號標示正式名稱。

例   WHO (World Health Organization)
（世界衛生組織）

規則
258 圓括號用於詞彙的縮寫。

例　United Nations Educational, Scientific and Cultural
Organization (UNESCO)
（聯合國教育科學文化組織）

算式中的輔助作用

規則
259 圓括號用於算式中來作為輔助角色。

例　2 × (3 + 4) = 14
※ ( ) 內的數字要優先計算。

規則
260

使用圓括號清楚標示相關聯的詞語，例如為了清楚地分類，而將圓括弧加在阿拉伯數字或英文字母的前後。

例句

The two requirements are that your company (1) sponsor the annual event and (2) refrain from using your trademark.

（兩個條件為 [1] 貴公司贊助年度活動 [2] 避免使用貴公司的商標）

※ that 子句內省略 should，因此 sponsor 及 refrain 為原形動詞。

同時標示單數及複數型態

規則
261

圓括號用於同時標示單複數型態。

例句

The candidate(s) must submit a social security number by the end of this month.

（候補人員必須於這個月底前提出社會安全號碼）

注 單字後不空格，直接加上圓括號。

⇒ × candidate (s)

10 方括號

Brackets

表示書籍、節目名、標題等

規則 262 作者或編輯為了使引用句中的詞語更加容易理解，可以使用方括號補充相關資訊。

※ 方括號稱為 **brackets**，英式講法為 **square brackets**。

例句 Many knowledgeable people claimed that in the present situation "to initiate military action during Ramadan [coming up next week] would be profoundly offensive to all Islamic countries."

譯文：許多知識分子主張，在目前的情勢下，「若在齋戒月期間（將在下週開始）發起軍事活動，將會嚴重冒犯所有伊斯蘭國家。」

注 方括號與括號內的單字間，不要插入空格較佳。

⇒ △ [coming up next week]

方括號 []

規則 **263**

作者或編輯為了使引用句中的詞語更加容易理解，可以使用方括號轉換成淺顯易懂的詞語。

10

斜線 /

11

例句

The man is considered to be a successor of Pervez
Musharraf [Pakistani ex-president].

（那個男人打算成為佩爾韋茲・穆夏拉夫 [前巴基斯總
統] 的接班人。）

項目符號 ‧

12

星號 *

明示引用句中的拼字錯誤

And 符號 &

規則 **264**

使用方括號表示引用句中的拼字錯誤等。

1

2

小老鼠 @

型 → 〈錯誤的拼字等＋空格＋ [sic] 〉

3

例句

The CIA confirmed a series of espionege [sic] activities.

（CIA 確認了一連串的 espionege [原文如此]活動）

※ 正確拼法為 espionage，為「間諜活動」。

百分比 %

4

資料符號 $

注 普遍在拼字等錯誤之後會加上 [sic]，也有人會使用斜體書寫
sic。

⇒ ○ espionege *sic* activities

5

⑰ 應注意的拉丁字源縮寫

（1）ca. [=ciraa] 為 about 的意思→「約」：使用於年代標示。

使用例子：ca. 1630（1630 年左右）

（2）et al. [=et alii] 為 and others 的意思→「～等其他人」

使用例子：T. Ishii, et al.（T. Ishii 等人）

（3）ibid [=ibidem] 為 in the same place 的意思→「如前一個地方所述」「同上」「同頁」「同章節」等。

（4）loc. cit. [=loco citato] 為 in the place cited 的意思→「同文獻、同頁數」

（5）N.B. [=nota bene] 為 take careful note 的意思→「留意」

（6）QED [=quod erat demonstrandum] 為 end of proof 的意思→「證明完畢」：多用於數學。

（7）v.s. [=vide supra] 為 see above 的意思→「請參考以上」

（8）v.i. [=vide infra] 為 see below 的意思→「請參考以下」

（9）in re 為 in respect to 的意思→「關於～」：多用於表示判例等。

（10）vice versa 為 The reverse is also the case. 的意思→「反之亦然」

修正引用句中的拼字錯誤

規則
265
方括號用於訂正引用句中字母不足的拼字錯誤。

例句　The behind-the-scenes fixer was assas[s]inated.

（那名幕後主使者被暗殺了）

※ assassinated 為正確的拼法。

表示引用句為外文的翻譯

規則
266
方括號用於表示該引用句為外文翻譯。

例句　Descartes said, "I think; therefore, I am."

[Translated from Latin]

（笛卡爾曾說：「我思故我在。」[翻譯自拉丁文]）

編輯上的指示

規則
267
方括號用於編輯上的指示。

例句　[Insert Table 1 here.]

（這裡插入表 1）

規則
268 **方括號用於表示單字的發音。**

例　　entrepreneur [ˌɑntrəprəˋnɝ]
（企業家）

針對圓括號內的資訊做追加補充

規則
269 **針對圓括號內的資訊做追加補充時，在括號內使用方括號。**

例　　(cf. Watson [2015])
（參考華生 [2015]）

注1　針對方括號內的資訊，想再追加其他補充時，要改用圓括號。

　　舉例來說，將上述例子放入其他圓括號內時，例子中的圓括號就要改為方括號，而原本的方括號要變為圓括號。

　　⇒ ◯ (The above-mentioned phenomenon had been already mentioned in Ishii [2019]. [cf. Watson (2015)])

　　（以上所描述的現象在石井 [2019] 中已被提及。[參考華生 (2015)]）

注2　相反地，若拿掉上述例子的圓括號，則方括號會變回圓括號。

　　⇒ ◯ cf. Watson (2015)

11 斜線

Slash

or 的意思

方括號 []

10

斜線 /

11

項目符號 •

12

星號 *

1

And 符號 &

2

小老鼠 @

3

百分比 %

4

貨幣符號 ¥$€

5

規則 270 | **斜線用於表達 or 的意思。**

型→ 〈單字 A ＋斜線＋單字 B〉

※ 單字 B 與單字 A 的共同部分可以省略（參考下列的「例」）。

| 例句 | Everyone has his/her philosophy.
（每個人都擁有各自的哲學）

| 例 | Mr/s Smith
（史密斯先生／小姐）

注1 斜線與單字（或字母）之間不空格。

⇒ ✕ his / her

✕ Mr / s

注2 從名字中無法辨別男女時，會使用 Mr/s。這種寫法經常出現在直接投遞的郵件中。

of 或 in 的意思

規則 271 斜線用於表示 **of** 或 **in** 的意思。

─型→〈單字＋斜線＋單字〉

例　　US Force/Japan
　　　（在日美軍）

注　US Force/Japan 為 US force in Japan 的意思。

per 或 a 的意思

規則 272 斜線用於表示 **per** 或 **a** （每～）的意思。

─型→〈單字＋斜線＋單字〉
　　　※ 單字多為單位符號

例句　Light travels at the speed of 0.3 million km./sec.
　　　（光以每秒三十萬公里的速度傳播）

將兩個資訊整合並表示

規則 273 使用斜線將兩個資訊整合成一個來表示。

─型→〈單字＋斜線＋單字〉

例　　washer/dryer（洗衣烘乾兩用機←洗衣機兼烘乾機）

規則 274　斜線用於縮寫符號。

型→〈縮寫符號＋斜線＋縮寫符號〉

例
① c/o [=care of]（由…轉交）
② L/C [=letter of credit]（信用狀）

表示日期

規則 275　使用斜線表示日期

型→美式→〈月／日／年〉
英式→〈日／月／年〉

例
[美] 4/8/2019（2019 年 4 月 8 日）
[英] 8/4/2019（2019 年 4 月 8 日）

注1 美式與英式的日期標示方法，共可以分為十種。

[美式] 4/8/2019　　　　　　[英式] 8/4/2019

April 8th, 2019　　　　　　8th April, 2019

April 8, 2019　　　　　　　8 April, 2019

Apr. 8th, 2019　　　　　　8th Apr., 2019

Apr. 8, 2019　　　　　　　8 Apr., 2019

注2 若日月為相同數字（＝重日），則日期的呈現便不會曖昧不清。

⇒ 5/5/2019（2019 年 5 月 5 日）[美英式皆同]

※ 因此，也有人主張以斜線標示日期時，應避免重日以外的
日期。

表示分數

規則
276   **使用斜體表示分數。**

→型→ 〈 **基數 A ＋斜線＋基數 B** 〉 ⇒ **B 分之 A**

※ 使用於數字較大的情形。

例
① 3/4 [=three-fourths]（4 分之 3）
② 17/136（136 分之 17）

用於網址

規則
277   **斜體用於網址標示。**

例
https://interpreterguide.net
※ 上述網址為作者經營的口譯領隊團體官方網站。

規則 278　斜體用於時間範圍的表示。

型→〈 數值 A ＋斜體＋數值 A 〉

| 例 | 1980/90（**1980** 年到 **1990** 年）

注1 一般使用連接號。

注2 寫成 1980/1990 也是相同的意思，但一般大多會如例句一般
省略共同部分。

12 項目符號

Bullet Point

清單的條列項目

> **使用項目符號條列清單項目。**
>
> ※ 項目符號（·）一般稱作 bullet point，取自「彈痕」的意象。其他還有 interpunct, interpoint, middle dot, middot, centered dot, raised dot 等叫法。

例

Make sure you must bring:

· passport

· driver's license

· application form

譯：應攜帶的物品：

· 護照

· 駕照

· 申請書

注1 各項目後面不加句號。

⇒ ✕ ·passport.

注2 各項目若非句子，則以小寫開頭較佳。不過，若是為了明確表達項目而使用 item 這個單字時，一般會使用大寫開頭。

⇒ △ · Passport

◯ · Item 1

· Item 2

注3 不同軟體在符號轉換時，有可能會出現亂碼，因此 ①②③ 或 ※※※ 等無法作為項目符號使用。

規則 280	**項目符號用於表示小數點後的內容。**

例　　　£15·20（**15.20** 英鎊）

注　這種用法在英國使用到 1970 年代左右，現今已幾乎沒有人在使用。取而代之，使用句號為目前最普遍的作法。

第 **3** 章
符號的使用規則與例子

在這一章中，會舉出英文常用符號的規則與實際例子，全部共有五節。由於英文中有各式各樣的符號，這邊將重點挑選五個來做介紹。讓我們一起來了解，各個符號的使用規範吧！

1. 星號
2. And符號
3. 小老鼠符號
4. 百分比符號
5. 貨幣符號

1 星號
Asterisk

註解、參考的明示

| 規則 281 | 星號（符號為 *）用於表示註解或參考的存在。 |

━型→ 〈要加註的詞語＋星號〉

※ 在文章結束後，一般會加上標示星號的註解。

 LIXIL* is one of the leading architectural material companies in Japan.

（LIXIL* 是日本極具代表性的建材公司之一）

……中略……

Note* LIXIL Corporation was founded on October 1, 2001.

（註：驪住株式會社設立於 2001 年 10 月 1 日）

※ 上述例子中，為了在文章後補充説明 LIXIL 這家公司，因此在 LIXIL 加上星號，並且於註解處，也就是 Note 之後也加上星號。

注1 星號加在要加註釋的詞語之後，並且中間不空隔，此外無法加在詞語之前。

× LIXIL *

× *LIXIL

注2 連接在文章後的「註」，除了可以使用 Note* 之外，也可以使用加註的單字本身來表示。因此，這邊可以將本文中的 LIXIL* 用在表示「註」的地方。

或者，在不產生混亂的情況下，在註解的地方也可以只使用星號開始補充說明。

注3 有兩個註釋就會使用兩個星號，但使用上不超過四個。

⇒ As soon as sugary food touches the tongue, taste buds* send signals to the brain which in turn responds by emitting the dopamine**, resulting in an intense feeling of pleasure.

（當舌頭接觸到含糖食物時，味蕾*會傳送訊號到大腦，大腦便會釋放多巴胺**，進而產生強烈的愉悅感。）

焦點1 若逗號的前一個單字要加星號，符號順序為星號→逗號，並且星號後不加空格。

焦點2 以引號結尾的直述句，結尾為〈句號＋引號〉。但是若在直述句的結尾單字加上星號時，由於星號是加在單字上並且與單字擁有較強的連結性，因此寫成〈句號＋星號〉是不合適的。

⇒ △ Taking in more than 2,000mg of vitamin C per day can cause diarrhea.*

（一天攝取超過 2000 毫克的維他命 C，可能會引起腹瀉*）

※ 應該要寫成 ... diarrhea*.。

規則 282　星號用於表示在文獻上沒有記載，但在語言學上推斷的存在型態。

型→〈星號＋推斷的單字型態〉

例　*ainlif > endleofan > eleven

※ 星號表示過去曾經存在 ainlif 這個單字。

表示不合文法

規則 283　星號用於表示語言學等不合文法的句子或表達。

型→〈星號＋不合文法的表達等〉

例　① *I amn't

[I amn't 是不合文法的表達]

② go (*to) home

[若加上 to 是不合文法的表達]

③ go *(to) the station

[若沒有 to 是不合文法的表達]

④ go *to/in that way

[使用 to 並不合文法；使用 in 則是符合文法]

⑤ look at/*φ each other

[look 與 each 之間若什麼都不加，則不合文法]

※ φ 表示空白。

符號所代表的文法正確度，如以下順序所示，正確度越來越
高。

＜?＜??＜?＜(?)＜無標示

※ 「無標示」代表句子或詞語表達前面，什麼都沒有加的狀
態。什麼符號都沒有加表示為（完整）正確的文法表達。

密碼的隱諱文字

規則
284

星號作為密碼等的隱諱文字使用。

例 ｜ ****

規則 285

在表格中的空格欄等連續以星號標示*****。
這種標示的目的並非表達未填入或忘記填入，而是帶有以下意思：
（a）**Not Applicable**（不適用）
（b）**Not Available**（不可利用、使用）
同時，也可寫成 **N/A** 或 **n/a**。

例

	be+	have+
ing	progressive	*****
ed	passive	perfect

譯

	be+	have+
正…（ing）	進行式	不符合
完成（ed）	被動式	完成式

注 可以使用 N/A 或 n/a 作為 ***** 的代替。

2 And 符號

Ampersand

表示共同撰寫者

> **規則 286**　使用 And 符號（符號 **&**）表示參考文獻中的共同撰寫者。

─型→〈姓＋逗號＋名＋空格＋ **&** ＋空格＋姓＋逗號＋名〉

| 例 |　Smith, John & Adams, Tom (2009)
　　（約翰・史密斯 & 湯姆・亞當斯共著 [2009 年出版]）

注1　名字部份多使用〈大寫開頭字母＋句號〉

⇒ Smith, J. & Adams, T. (2009)

※ 使用這種寫法時，第二位撰寫人的姓名位置可以互換，
　如：名 ⇒ 姓。

Smith, J. & T. Adams

注2　三人以上的撰寫人，一般會省略名字。

⇒ Smith, J., Adams, T., & Jackson, M. (2020)

使用於商業用句

> **規則 287**　**&** 符號用於商業用句。

| 例 |　C. & F. Yokohama（橫濱港的成本與運費）

※ C. & F. 可寫成 C & F，為 cost & freight 的縮寫。最
　近也有人使用 CFR 的寫法。

3 小老鼠符號

At Sign

表示單價

> **規則 288** 在商業用句中，小老鼠（符號 @）使用於單價數字前。

型➜ 〈小老鼠＋空格＋貨幣單位＋阿拉伯數字〉

例
a platinum fountain pen @ $120
（platinum 鋼筆：單價 120 美元）

注 小老鼠與貨幣單位之間要插入空格，而貨幣單位與數值之間不加空格。

電子信箱

> **規則 289** 小老鼠用於電子信箱中。

例
englight36@socio.kindai.ac.jp
※ 上述為作者大學時期的電子郵件。

表示舉辦地點

> **規則 290** 以小老鼠代替 at，使用於簡易的通知或廣告中。

例
Venue: @ November Hall （舉辦場所：11 月館）

4 百分比符號

Percentage

表示具體比例

> **規則 291**　使用百分比（符號 %）表示具體數值的比例。

━型➡ 〈阿拉伯數字＋ %〉

例句

① The current inflation rate is 2% per year.
（目前的通貨膨脹比率為每年 2%）

② Twenty percent of employees were dismissed.
（20% 的員工被解雇了）

注1 percent 不加 s。

注2 在 percent 前加上數值時，其數值前不加冠詞。不過，若以〈數值＋ percent 〉來修飾名詞時，則有些情形可以加冠詞。

　⇒ ✕ the twenty percent / ✕ a twenty percent

　　○ a twenty percent discount（20% 的折扣）

注3 使用 percent 時，可使用阿拉伯數字。

　⇒ ○ 20 percent

注4 使用 % 時，必須使用阿拉伯數字。

　⇒ ✕ twenty %

注5 % 與數值之間不加入空格較佳。

　⇒ △ 20 % / ○ 20%

　※ 一般而言，符號與數值連接時，兩者之間不會插入空格。

　⇒ ○ $100 / △ $ 100

注6 例句 ② 中，動詞與 of 之後的名詞相互呼應。

規則 292	使用 **percentage** 表示抽象且不使用數值的比率。

例 Only a small percentage of the voters abstained from the vote.

（僅有一小部分的投票者放棄投票）

注1 percentage 前面需要加冠詞，但與疑問詞一起使用時，則不受此限制。

注2 「～有幾個百分比？」不會說成 How much percentage is ～ ？ 或 How many percentage is ～ ？。此外，「～的比率是多少？」也不會說成 How much is the percentage of ～ ? 或 How many is the percentage of ～ ?

⇒ ✕ How much/many percentage is ～ ?

✕ How much/many is the percentage of ～ ?

◯ What percentage is ～ ?

◯ What is the percentage of ～ ?

5 貨幣符號

Currency Symbol

標示金額

方法號 []
10
斜線 /
11
項目符號 .
12
星號 *
1
And 符號 &
2
小老鼠 @
3
百分比 %
4
貨幣符號 US$
5

> **規則**
> **293** 貨幣符號放在金額數字前。

─型→〈貨幣符號＋金額〉

例 £3,000（3,000 英鎊）

注1 表示金額時，不使用輔助貨幣的單位符號。取而代之的是使用句號，或是在英國使用的項目符號（●），將數值寫成小數點。

○ $2.10（2 美金 10 分）

✕ $2 ¢ 10

注2 以大寫的三個字母表示貨幣縮寫。

USD: U.S. dollar

GBP: British pound

HKD: Hong Kong dollar

JPY: Japanese yen

CHF: Swiss franc

第**4**章

應注意的書寫方式與例子

除了到目前為止所說明的拼寫、標點及符號的使用相關規則之外，在這一章中，會舉出其他應注意的規則及實際例子。全部共有五節，內容包含履歷、簡報、網站等的書寫方式，此外針對字型及空格的相關規範也會再次說明。

1. 履歷的書寫方式
2. 商業郵件的書寫方式
3. 發表簡報的書寫方式
4. 網站的書寫方式
5. 字型及空格的規範

① 履歷的書寫方式

　　英文履歷並沒有像中文一樣有固定的樣式，由於自由度高又沒有固定樣式，因此反而有些人會覺得很棘手，寫作時必須思考對方想知道什麼進而製作履歷。雖說很自由，但也是有基本的書寫原則。例如履歷書中不會記載個人相關資訊。

容易閱讀的字型

規則 294	字型要選擇容易閱讀的類型。 ※ 以 Times New Roman 為例，字體大小建議介於 10.5~12 pt 左右。

注 經常使用的有 Times New Roman, Arial, Helvetica。

標題大小

規則 295	標題大小建議比本文內容大 2 pt。 ※ 標題指的是 Education（學歷）或 Experience（經歷）等項目。

注1 履歷最上面的姓名大小約 14~16 pt 左右即可。
　　※ 姓名可以全部使用大寫。

注2 標題全部使用大寫是基本原則。若不使用大寫，則要畫上底線。

規則
296

將學歷與經歷分開書寫。

注1　先寫學歷，再寫經歷。

注2　學歷與經歷之間要間隔一行。

注3　學歷的寫法有兩種：（a）先寫學位、（b）先寫入學－畢業
年（結業年）。

⇒（a）學位 in 學科、大學名稱、大學所在地、學位取得年

（b）入學－畢業（結業）年、大學名稱、大學所在地、
學位

※ 運用在海外國家時，一般會在大學所在地之後會以圓括號
加上國名。

標示新事物的重要性

規則
297

以時序由最近到過去的順序填寫。

條列式的重要性

規則
298

以條列式書寫為基本原則。
※ 項目符號的部分會省略主詞，並從動詞開始書寫。

注　以條列式書寫時，一般會使用項目符號。但是即便不使用項
目符號，也要在容易使人閱讀的方面上多下工夫。

[履歴樣本 1]

Shinichiro Yamada

4-20-3, Sendagaya Shibuya-ku, Tokyo, 151-0051 Japan
090-XXXX-XXXX / shinichiro.yamada@XXX.co.jp

OBJECTIVE:

Section chief of Sales Department for Crystal Corporation

EDUCATION:

B.B.A. Business Department, Shinagawa International University,
Tokyo (Japan), 2004

EXPERIENCE:

Apr. 2010–present

Head of the Third Sales Section, Business Department of Rokubishi
Electric, Co. Ltd.

- Established the S Y method of selling newly developed products.
- Developed the marketing research system with R & D Section.
- Introduced the sales system based on a new distribution channel.
   :

Apr. 2004–Mar. 2010

Staff member at General Affairs Department, Star Trading Corp.

- Managed goods and services for clerical work.
- Engaged in the accounting operations centering on salary
  calculation.

QUALIFICATIONS:

2018, 725 at TOEIC Listening and Reading Test

2004, Grade 2 (The EIKEN Test in Practical English Proficiency)

2002, Driver's License, Japan

PERSONAL:

- Collecting commemorative stamps (possessing 123 kinds at the moment)
- Fond of visiting many places of historical interest

[履歷樣本 1] 中譯

山田真一郎

〒 151-0051 東京都涉谷區千馱谷 4-20-3

090-XXXX-XXXX / shinichiro.yamada@XXX.co.jp

目的：Crystal Corporation 業務部課長

學歷：

2004　企業管理學士（品川國際大學管理學部）

經歷：

2010 年 4 月～至今

株式會社六菱電器　業務部第三銷售課主任

· 新開發製品銷售的 SY 方法建構。

· 與研究開發課（R and D Section）一同進行市場調查系統的開
發。

· 導入銷售系統至全新銷售通路（distribution）。

　　[略]

2004 年 4 月～ 2010 年 3 月

明星貿易株式會社　總務部職員

· 事務（clerical work）備品及服務管理。

· 從事以薪水計算（salary calculation）為中心（center on）的會
計業務（accounting operations）。

認證：

2018 年　取得 TOEIC L&R TEST 725 分

2004 年　取得英檢 2 級
2002 年　取得一般小客車駕照（日本）

個人資訊：

· 收集紀念郵票（現在共有 123 種）
· 喜歡參觀<u>名勝古蹟</u>（places of historical interest）

注 1　「真一郎」在履歷或護照中寫成 Shinichiro 會比較正式，但有可能會被唸成「Shi ni chi ro」，因此履歷上可以寫 Shin'ichiro 。不過應避免使用 Shin-ichiro（使用連字號）、Shinitiro（ch 改成 t）或 Shinichirou（ro 改成 rou）。在眾多的寫法中，使用最初所說明的 Shinichiro 是較佳的寫法。

注 2　在 Objective 欄位清楚寫出應聘何種職位。若需要從數個職種中抉擇時，就需要此欄位。反之，若應聘職種是固定的，就不需要此欄。（參考履歷樣本 3）

注 3　經歷一欄則強調自己做過何事及工作上的成就。上述的 SY 方法指的是 Shinichiro Yamada Method 的簡稱。取第一個字母的這種寫法，在面試時能勾起面試官的注意。

注 4　Personal 這個標題欄位，則填寫應聘單位會感興趣的內容較佳。

注 5　用於表示工作期間等的連字號，在履歷中建議改成使用連接號。（→規則 203 [p.206] 參考：連接號）

Takayuki Ishii

1-28-X-XXX, Nagao-Nishi-machi, Hirakata, Osaka, 573-0162 Japan

080-XXXX-XXXX / englight36@yahoo.co.jp

OBJECTIVE: Interpreter-Guide Trainer

EDUCATION:

M.A. in English education, University of Tsukuba, Ibaraki (Japan), 1994

B.A. in English education, Nara University of Education, Nara (Japan), 1980

EXPERIENCE:

Apr. 2010–present

Professor of linguistics

The Faculty of Applied Sociology, Kindai University (Osaka)

・ Taught English to students.

・ Taught sociolinguistics to seminar students.

・ Researched residual problems in theoretical linguistics.

　　:

Apr. 1991–Mar. 1997

A part-time instructor of English

Kawaijuku Educational Institution (Osaka)

　　:

Apr. 1983–Mar. 1991

Head of Interpreter Guide Course

Osaka College of Foreign Languages (Osaka)

:

Jun. 1982–Mar. 1983

Translator and International Trade Administration staff

FUJITEC Co.Ltd.

· Translated handling manuals into Japanese.

· Wrote business letters in English.

Apr. 1980–May 1982

Teaching staff

Hello Language Center

:

QUALIFICATIONS:

1978, Licensed Guide (English), Japan

1981, First Grade (The EIKEN Test in Practical English Proficiency)

PERSONAL:

· Wrote 64 books on English or Japanese culture, 52 English textbooks for college students, and 80 academic papers on linguistics or Japanese culture.

· Visited Kyoto (Japan) more than 1,000 times.

· Gave a lecture to adults or students more than 10,000 times.

URL: https://interpreterguide.net

[履歷樣本 2] 中譯

石井隆之

573-0162 大阪府枚方市長尾西町 1-28-X-XXX

090-XXXX-XXXX / shinichiro.yamada@XXX.co.jp

目的：口譯領隊研習講師

學歷：

1994 年　英語教育學碩士（日本茨城縣筑波大學研究所）

1980 年　英語教育學士（日本奈良市奈良教育大學）

經歷：

2010 年 4 月～至今　教授（語言學）

近畿大學綜合社會學部（大阪）

　‧英語教學

　‧於小組研究班中教授社會語言學（sociolinguistics）

　‧研究理論語言學（theoretical linguistics）留下的（residual）幾個課題。

　　　[略]

1991 年 4 月～1997 年 3 月　英語兼任講師

河合補習班（大阪）

　　　[略]

1983 年 4 月～1991 年 3 月　口譯領隊課程 學科長

大阪外語專門學校（大阪）

　　　[略]

1982 年 6 月～1983 年 3 月　翻譯及國際貿易部門職員

富士科技株式會社

· 將使用說明手冊（handling manuals）翻譯成日文。

· 以英文書寫商用信件。

1980 年 4 月～1982 年 5 月　教育人員

哈囉語言中心

　　[略]

認證：

1978 年　取得口譯領隊證照（英文）

1981 年　取得英檢 1 級（EIKEN Test，日本英語檢定協會）

個人資訊：

· 撰寫英文或日本文化相關書籍六十四本、大學用英語教科書
五十二本，以及語言學或日本文化相關論文八十篇。

· 拜訪京都（日本）超過一千次以上

· 以一般成人或學生為對象，授課次數超過一萬次。

URL: https://interpreterguide.net

注1　若有自己的網頁建議寫在履歷上，可做為自我宣傳的利器。

注2　經歷中的具體例子也就是以項目符號列舉的項目（例：
Taught English to students），其寫法省略主詞並以大寫字母
開頭，並且最後要加句號。

※ 所做的事雖然是從過去進行到現在，但英文一般普遍習慣
使用過去式，而中文譯文則是以現在式來表示會比較自然。

※ 列舉過去的實際經驗時，即使是英文也可以使用現在式書寫。

Rena Tanaka

1600 Pennsylvania Avenue NW Washington, DC 20500

renatanaka3636@XXXXX.com

Education

2009–2012 Emory University School of Law, Atlanta (USA) — J.D.

2001–2005 State University of New York, Buffalo (USA) — B.A.,
Finance and Management

2003–2004 University of Edinburgh (UK) — Exchange

Experience

Feb. 2013–present ATLANTA LAW FIRM — *Immigration Attorney*
Provide consultations on U.S. immigration law and review applications
for temporary protected status, citizenship, adjustment of status,
deferred action, green card petitions, and other immigration benefits.

Nov. 2012–Jan. 2013 SAN JOSE IMMIGRATION CENTER—
Advisor
Looked into the preliminary steps involved in setting up an
immigration and refugee law.

Jan.–May 2011   AIU IMMIGRANTS' RIGHTS PROJECT
(Atlanta) — *Law clerk*
Interviewed undocumented immigrants in Spanish and used their
information to shape advocacy strategy.

Jul. 2005–Jul. 2007 THE GOVERNMENT SUPPORT PROGRAM
(Bangkok, Thailand) — *Assistant Language Teacher*
Taught English to Thai high school students. Engaged with students
outside of class and acted as a leader in the community, encouraging
students to develop any curiosity they had for the Western world.
Taught ten to fifteen lessons each week.

Sep.–Dec. 2001 THE ACADEMIC NEWSPAPER, STATE
UNIVERSITY OF NEW YORK — *Writer*
Interviewed for and wrote about ten articles dealing with university
issues at the State University of New York.

Languages
English (native), Spanish (full professional proficiency), Thai
(professional proficiency)

Honors, awards, certifications
Jan. 2013 New York State Bar — licensed attorney
May 2012 University of Washington Graduate Diploma in Human
Rights

田中玲奈

華盛頓 D.C. 賓夕法尼亞大道 1600, DC20500

renatanaka3636@XXXXX.com

學歷：

2009 年～2012 年　美國亞特蘭大埃默理大學　法律博士

2001 年～2005 年　美國紐約大學水牛城分校　金融・管理學士

2003 年～2004 年　英國愛丁堡大學（交換留學）

經歷：

2013 年 2 月～現在　亞特蘭大<u>法律事務所</u>（law firm）—移民問題專門律師

提供美國移民法相關諮詢，以及<u>審查</u>（review）臨時保護身分、公民權、身分調整、暫緩遣返手續、<u>綠卡</u>（green card）<u>申請</u>（petition）及其他相關移民福利的申請書。

2012 年 11 月～2013 年 1 月　聖荷西<u>移民服務局</u>（immigration center）—法律顧問

初步調查涉及移民及難民法的制定。

2011 年 1～5 月　AIU 移民權計畫（亞特蘭大）—<u>法官助理</u>（law clerk）

以西班牙文面談<u>沒有合法文件的</u>（undocumented）移民者，<u>並運用移民者的資訊來制定倡導策略</u>。

2005 年 7 月～2007 年 7 月　政府支援計畫（泰國・曼谷）—<u>外語教學助理</u>（assistant language teacher ＝ ALT）

教導泰國高中生英文。同時在課外也與學生積極互動，並擔任團體指導者，鼓勵學生培養對西方世界的好奇心。每週負責 10～15 節課。

2001 年 9 月～12 月　曾任紐約州立大學學術報章作家。

擔任採訪及執筆人，負責撰寫紐約州立大學中，十篇與大學相關的報導。

語言：

英文（母語）、西班牙語（完全專業精通程度）、泰語（專業精通程度）

榮譽、獲獎及認證：

2013 年 1 月　紐約州司法界（bar）職業律師

2012 年 5 月　華盛頓大學研究所結業證書（人權領域）

注1　履歷第二行的地址只是舉例，這邊以白宮的地址為例。NW 代表 North West 的意思，經常加在白宮的地址中。

注2　J.D. [=Juris Doctor]　法律博士（的學位）

法學博士為 Doctor of Law（學位）、a doctor of laws（人）

最後的小建議！撰寫履歷的四個小訣竅

訣竅 1　以簡單易懂的方式書寫工作單位及職稱。

樣本 1、2 中以換行的方式來表示工作單位及職稱這兩者，樣本 3 則是將工作單位全部大寫，職稱則以斜體表示。※ 不使用顏色區分，履歷基本以黑白為主。

訣竅 2　工作內容不用寫太多，以簡單明瞭為主。

訣竅 3　履歷大小以 A4 為主，約 1 到 2 頁。

※ 工作經歷較多的情形，不用逐一書寫。

訣竅 4　加上求職信。

2 商業郵件的書寫方式

簡潔的郵件名稱

> **規則 299** 郵件名稱應簡潔且一目瞭然。
> ※ 不要過於簡單也不要過於複雜是命名重點。

例 Agenda of Annual Meeting on Coming Monday
（下個星期一的年度會議議程）

注1 只寫 Agenda 還是會有不清楚的地方，具體應寫上何時、什麼會議的 Agenda 會比較好。

⇒ 例：× Request（要求）

○ Invitation to speak（演講邀請）

注2 郵件名稱大多會省略冠詞。

連字號後表示複合詞的共同部分

> **規則 300** 按照招呼語、本文、結語、署名的順序書寫。
> （a）招呼語並非 Hello 等詞彙，而是稱呼收件人的用語。
> （b）簡潔描述本文中最想訴說的事情。
> （c）結語基本有＜要求回信的表達＋ Best regards ＞

例 （a）Dear Ms. Watson（親愛的華生女士）

| 例句 | （b）I would appreciate it very much if you could send me an illustrated catalog. |

（若您能提供帶有圖片的型錄，我會非常感激）

※ 英文中 illustrated catalog 指的是帶有圖案、照片、圖表等的型錄。

（c）I am looking forward to your prompt reply.
（期待您的回覆）
I await a favorable response from you.
（期待收到您的佳音）

注 Best regards 要換行，並以逗號做結。

⇒ I hope to hear from you in a few days.

Best regards,

譯：期待過幾天能聽到您的佳音。

祝　一切順心

署名的重要項目

| 規則 301 | **署名要寫上姓名及所屬部門。**
※ 加上電子郵件會更加正式完整。 |

例　Ken Yoshioka

Sales Manager, Englight Publishing Co., Ltd.

yoshioka.k@englight.co.jp

譯：吉岡健

英格萊特出版社　業務經理

yoshioka.k@englight.co.jp

3 發表簡報的書寫方式

投影簡報的結構規則

規則 302	整體的結構規劃。

整體的結構規劃。
投影片第一頁：發表標題、姓名及所屬部門
投影片第二頁：OUTLINE
投影片第三頁～：分成三～六章製作
投影片倒數二頁：總結
※ 標示要點即可。
投影片最後：參考資料、參考網站

字型相關規則

規則 303
其 1：字型推薦使用 **Arial** 或 **Helvetica**。
其 2：字體大小在 **24** 以上。

注1 使用容易閱讀的字型是非常重要的。

注2 根據發表會場的不同，字體大小也略有差異。不過，當你覺得字體有點略大時，其實大小剛剛好。

> **規則 304**
>
> **其 1：文字以外的資訊也扮演著重要的角色。**
> →善用圖表、圖像及動畫。
> **其 2：帶有變化。**
> →試著改變字體大小或顏色。
> **其 3：投影片的內容不一次性的完全展現。**
> →善用階段性變化的動畫功能。

注1 若一次性的展現投影片內容，有可能會發生發表者與聽者所接收到的內容訊息有落差或不同。

注2 學術類的發表著重於內容，因此不要有過多的裝飾。

讓僅有文字的投影片變得簡潔易懂的方法

> **規則 305**
>
> **其 1：以條列式書寫。**
> **其 2：投影片內以五行為限。**
> **其 3：一行約七個單字左右。**
> **其 4：要有對比。**
> ※ 除了語言上的說明輔助外，物理層面的輔助也很重要。

例 包含標題的最初五行關於規則 305 的內容，可以如以下的方式呈現在投影片上。

For Better Understanding of Letter-filled Slide

(1) Itemize

(2) Within FIVE lines

(3) Up to SEVEN words on ONE line

(4) Be contrastive

注1 應避免唸稿式的發表形式。

注2 對照不同並且比較類似的事物，能讓聽者更加清楚內容的核心。

注3 畫面是否看的舒適清楚也相當重要。使用同色系會讓人看不清楚，而藍色背景配上黃色字體也不易閱讀。最好是如白板或黑板一般，以白底配黑字或以黑底配白字等會比較清楚。

注4 由於會造成閱讀上的困難，因此應避免全部使用大寫字母。不過，若只在特別想強調的部分使用大寫字母是沒有問題的。同時，也要考量到整體內容的平衡，強調的部分不應佔據大部分的內容。

4 網站的書寫方式

字體設定的重要性

規則
306　**使用傳統正規的字型。**

注　要注意不管再怎麼新潮、好看的字型，若不是常用的字型，
有可能會造成閱讀上的困難。因此選擇常見、易閱讀的字型
是很重要的。

網站標題的相關規則

規則
307　**其 1：字體大小要比本文大。**
　　　其 2：能掌握內容的標題。

注1　標題大小比本文大兩倍也沒關係。

注2　標題稍微長一點也沒有關係，約 10～15 字左右。

善用大寫字母

規則
308　**在標題中使用大寫字母。**
　　有以下兩個方法：
　　　（a）全部使用大寫。[強調標題]
　　　（b）僅第一個字母大寫。[有方便閱讀的效果]

注　運用大寫可以強調標題，而在英文電子新聞中也能看到使用
斜體的例子。

副標題的注意事項

規則 309	副標與標題的單字不重複。

標示全名

規則 310	在文章的最後加上全名。

例	By Lisa Martin

注1 相當於中文的文責（作者對文章內容所負的責任）。

注2 也有人將署名加在本文的開頭。

齊頭式的運用

規則 311	段落使用齊頭式，不使用縮排式。也就是說，段落與段落之間要空一行。

注 為了使每個段落容易閱讀，網頁版的英文新聞等通常會將每個段落控制在 3～6 行之間。不過，網站的行數也會因為裝置的顯示行數或字體大小而有不同。

規則 312	插入圖像或動畫時，要在下方標示內容說明及攝影師等資訊。其字體大小不可以比本文大。

例

Professor Ishii is explaining some important points about Shintoism to guide trainees in front of Aramatsuri-no-miya, Ise Grand Shrine. Photo by Mariko Oku / Society for Interpreter Guides.

（石井教授在伊勢神宮荒祭宮前，針對領隊培訓人員進行日本神道的重點說明。攝影：奧真理子／口譯領隊研究會）

注 為了明確標示著作權等權利，說明大多會有數行內容。

連結的運用

規則 313	對於艱澀詞彙的說明、過去的關聯報導等，可以運用連結連接說明網頁。

例

President Trump formally abandoned the Trans-Pacific Partnership.

（川普總統正式放棄 TPP）

※ 底線處為 TPP 的說明傳送連結。

注 當然也可以使用 * 等符號，來添加「註解」。

5 字型及空格的規範

簡潔與衝擊性的組合

規則 **314**	**優先考慮易讀性。**

注 建議本文使用簡潔的字型,而標題可使用具衝擊性的字型。

注意不要產生亂碼

規則 **315**	**不使用容易亂碼的文字。**

例 ①②

注 有些文字轉換到另一個軟體時,如果軟體無法讀取這些文
字,則有出現亂碼的可能性,建議不要使用。以上例子為典
型的代表。

標點符號與空格的關係

規則 **316**	**標點前不空格,但後面要空格。**

例句 Punctuation is related to the usage of spacing. It allows
us to read articles easily; however, ...

（標點符號與空格的使用方法有關。它使我們能輕鬆地
閱讀文章,不過…）

注1 空格一定要使用半形。

注2 早期在句號後基本上要空兩個（全形）空格，不過現在沒有硬性規定一定要按照這個形式。只要不造成閱讀困難，只空一格也沒有問題。

標點符號間的關係

規則 **317**	**其 1：同樣的標點不並排。** 不過，本書中提及的星號可以重複。 （→參考規則 284～285 [pp. 257-258]） **其 2：部分不同的標點也無法並排。** 代表的例子有？與逗號、！與逗號，這兩者不能連著使用。 **其 3：若需要並排，則要插入空格。** （→參考規則 147～150 [pp. 168-169]）

例句

① She went to the U.S.

（她去了美國）

② Did she go to the U.S.?

（她去美國了嗎？）

③ He said to me, "She went to the U.S.," which was not true.

（他跟我說，她去了美國，但這並不是真的。）

④ They said to him, "Did she go to the U.S.?" but he didn't answer it.

（他們問他：「她去美國了嗎？」，但他沒有回答。）

注1 上述例子 ① 中，以縮寫符號的句號為優先，並省略了文末的句號。例 ② 或 ③ 中也留著縮寫符號的句號。

注2 從例 ③ 中，可以看出逗號優先於主要句子最後的句號。而從例 ③ 及例 ④ 中，又可以看到其他符號優先於逗號。此外，由於 ? 後不能使用逗號，因此可以看出例 ④ 避開使用〈逗號＋ which 〉的句型。

⇒ ✕ They said to him, "Did she go to the U.S.?" which question he didn't answer.

參考 He said to me, "She went to the U.S." 這個句子中，省略了引用句句尾的句號，同時也省略了整體主要句子最後的句號。如以下例子，若將各自的句號加回去，則會變得不合文法。

⇒ ✕ He said to me, "She went to the U.S..".

焦點 在口語或文學表達中，標點符號的重複是可被接受的。

⇒ What??? （你說什麼？？？）

What?! （什麼！？）

規則一覽表

〈連字號的用法〉

台灣廣廈 國際出版集團
Taiwan Mansion International Group

國家圖書館出版品預行編目（CIP）資料

標準英文寫作 / 石井隆之著；陳書賢譯.
-- 新北市：國際學村出版社, 2024.02
　　面；　公分
ISBN 978-986-454-329-8(平裝)

1.CST: 英語 2.CST: 寫作法

805.17　　　　　　　　　　　　　　112021693

國際學村

標準英文寫作

作　　者／石井隆之　　　　　編輯中心編輯長／伍峻宏
翻　　譯／陳書賢　　　　　　編輯／陳怡樺
　　　　　　　　　　　　　　封面設計／林珈仔‧內頁排版／菩薩蠻數位文化有限公司
　　　　　　　　　　　　　　製版‧印刷‧裝訂／東豪‧紘億‧秉成

行企研發中心總監／陳冠蒨　　線上學習中心總監／陳冠蒨
媒體公關組／陳柔彣　　　　　數位營運組／顏佑婷
綜合業務組／何欣穎　　　　　企製開發組／江季珊、張哲剛

發　行　人／江媛珍
法律顧問／第一國際法律事務所 余淑杏律師‧北辰著作權事務所 蕭雄淋律師
出　　版／國際學村
發　　行／台灣廣廈有聲圖書有限公司
　　　　　地址：新北市235中和區中山路二段359巷7號2樓
　　　　　電話：（886）2-2225-5777‧傳真：（886）2-2225-8052
讀者服務信箱／cs@booknews.com.tw

代理印務‧全球總經銷／知遠文化事業有限公司
　　　　　地址：新北市222深坑區北深路三段155巷25號5樓
　　　　　電話：（886）2-2664-8800‧傳真：（886）2-2664-8801
郵政劃撥／劃撥帳號：18836722
　　　　　劃撥戶名：知遠文化事業有限公司（※單次購書金額未達1000元，請另付70元郵資。）

■出版日期：2024年02月　　　ISBN：978-986-454-329-8

ENGLISH STYLEBOOK
©TAKAYUKI ISHII 2019
Originally published in Japan in 2019 by CROSSMEDIA LANGUAGE INC.
Traditional Chinese translation rights arranged with CROSSMEDIA LANGUAGE INC. through CORPORATION, and jia-xi books co., ltd.